星星的任期太长了

陳思嫻——著

目次

輯二　書籤

目次

輯四 好不好

目次

輯六 耳朵都醉了

附錄

推薦語

（依詩人姓氏筆畫排列）

思嫺一直是我心目中70世代（六年級）詩人裡的重要拼圖，而且是相當低調，以致在眾聲喧嘩的世界裡被不小心遺漏的那一片。現在，缺角終於補上。

這本遲來的第一本詩集，集子裡的詩作，創作年份從世紀初一直綿延至新世紀的第二個十年，也算詩人的「新詩情感史」。無論思嫺寫什麼主題，總給我一種閱讀情詩的感（錯）覺，即便寫西藏，即便批判，都難掩其對人及土地深深的關愛。即便大題材、硬思想，她也能展現瑜伽等級的柔軟度。

她的詩風：恰到好處。適時的意外視角，適度的文藝腔，從不過度滿溢的優美。剛好，恰是這個時代最難的技術。「一首詩將穿越城市的耳洞」，作為一個文化世界的好公民，我們要禮讓這樣的想像，讓它自由地在你面前暢行而過。

——小熊老師（林德俊）

閱讀陳思嫻的詩，總讓人心情激動。

這是一個會說故事的詩人，她帶你無論是拜訪西藏流亡詩人，還是平凡你我身邊的人物，她用靈活的詩語言，把這些哀傷，以輕盈、靈透，甚至荒謬的方式，向我們訴說。但我們會深刻記得，那些她對世界或生命的不平之鳴。

——林怡翠

如果十年磨一劍，陳思嫻首部詩集，花了二十多年完成，又是怎樣鋒銳的神兵？詩在人權歷史中震撼，生命在現實幽微裡滄桑。黑暗中磨亮的詩筆，偶有童話的微光閃逝。即使星星的任期太長，悲憫的，堅毅的淚，總是伏流出海再造汪洋。

——林靈歌

我熟識的文學年輕朋友，纖細內斂而敏感的生命特質，21世紀初即綻放詩才，創作不懈，但她自我要求嚴謹，不及於「成名」，如今才慎重出版第一本詩集《星星的任期太長了》，收錄了橫跨19年的創作成果69首詩作，分為五輯，題材豐富廣闊，表現風格多樣，關注現實，探溯歷史，深刻領悟生命議題，繽紛多彩。

——吳晟

必然是有一顆敏微易感的心，涉足現實亦維持恬淡優雅姿態，但試圖攤展自己，接受這世界陸續紛紛「無痕的腳印」，從青春啟程的近廿年間，痛他人之痛，苦弱者所苦，關注和被身體關住的種種，成為此書長短詩行的試煉。

——孫梓評

讀思嫻的詩，千古落寞都如共鳴，而她的詩裡卻有一股綿延的線，無窮盡地延展我們的傷痛愛戀。她的凝鍊和隱喻，逆向的語彙操鍊毫不費力；她的優雅和憤怒邊緣的切換是如此熟稔貼切又出人意料；她開啟了熟悉之外的陌生隱喻及意象，立意之巧令人愕然。

——馮青

豈止星星的任期顯得太長了，該說思嫻的詩集實在久等了。從公開發表作品到首度結集出版，她竟花了二十年才說服自己。歷史的苦悶沉重，女性的幽微纖細，在思嫻筆下如此妥貼結合，引領讀者一起尋找夜空裡永恆的鞦韆。

——楊宗翰

思嫻是意象小世界的公主，在她詩的花園、山林裡，美花秀草，都有著特異的迷人芳香；即使荊棘詭木，參天蔽日，流沙怪岩，瘁心驚步，總以堅定的信念微笑面對。

——路寒袖

歷史是有血肉的，由詩人的文字造出。

遠方不只有詩意，那些不公義的隱泣，等待詩人以熱血之筆寫出浪漫以外的吟唱。生活百味雜陳，唯有將一切醞釀於心，為醬為醋為酒，平凡甘味或酸辛或醺然，都由陳思嫻端出二十年精心的營造。

她以詩句星星點燈，而闐黑的人世有了微亮的側臉。

原來地球那麼美也那麼醜，引路的孤星因此延長了任期……

——顏艾琳

推薦序

介入現場的幽微之聲
——讀陳思嫻詩集《星星的任期太長了》

向陽／詩人
台北教育大學台灣文化研究所教授

一

這是陳思嫻的第一本詩集，從她的寫作歷程來看，早在2006年就以〈卓瑪嘉因〉一詩勇奪第二屆《自由時報》林榮三文學獎新詩首獎的她，經過十多年後才出版第一本詩集，未免太遲了；與她一樣，在21世紀第一個十年就受到矚目的青年詩人這幾年來都已光芒畢露，不僅出版了詩集，也在詩壇擁有一席之地，而她卻延遲至今，才有詩集之出，也不免叫人詫異。

延遲了詩集的出版，可能因為陳思嫻對於詩作品質要求過高吧。得到大獎的〈卓瑪嘉因〉是一首超乎她的年齡的沉重作品，在這一首長詩中，她以一位在中學教歷史的圖博教師卓瑪嘉（詩中名為「卓瑪嘉因」）為主角，寫他因為寫了一本為出版的著作（《騷動的喜馬拉雅山》），遭到「被失蹤」的故事。那是2005年的事。2006年，陳思嫻在偶然的機會下，參加了中國流亡作家傅正明談論西藏詩歌的座談會，在現場拿到一張有關卓瑪嘉因「被失蹤」的傳單，相當震撼，而寫下了這首沉痛卻又感人的詩作。在這首詩中，她以卓瑪嘉「搖醒一位時常打瞌睡的學生」，引出一段西藏圖博人民爭取獨立的故事。詩的最後一段這樣寫：

卓瑪嘉因將這些文字鎖在抽屜，他的朋友們
只好喝下噤聲的藥水、縮小身體，蹲進抽屜屏息閱讀
但槍桿還是撬開了抽屜，卓瑪嘉因被帶走，根據輪迴的規則
而被鎖在如抽屜般的囚房，從此見不到那些被他寫下的風景。
他在獄中不幸染上肺結核；有報告指出——
「卓瑪老師教學認真，吸入太多粉筆灰，目前在山中靜養肺病。」
卓瑪嘉因的行蹤和性別始終不明
為他聲援的讀者紛紛期盼卓瑪嘉因是一名女性
那麼，當她的名字重新被翻譯成卓瑪佳音
或許將是一則獲釋的好消息

在既寫實又虛構的敘事下，她以「抽屜」這個意象連結卓瑪嘉的書寫和遭捕入獄的關聯，再以卓瑪嘉「性別始終不明」，而以「當她的名字重新被翻譯成卓瑪佳音／或許將是一則獲釋的好消息」作結，都是相當厚重的筆法。

2015 年 10 月，卓瑪嘉終於坐滿十年牢獄獲釋。這是陳思嫻當年寫作〈卓瑪嘉因〉時未能逆料的，她以一個生長於台灣的女性詩人身分期盼「卓瑪嘉因是一名女性」的想像雖然破滅，但她對圖博人民的關注則成為她的書寫中重要的主題。她總計寫了十三首，收在這本詩集「焦黑的雪山白棉被」卷中，每一首都擲地有聲，如給西藏朋友的〈用雪抄襲〉（選入《2007 台灣詩選》），寫她與圖博流亡人士餐敘的心情：「來到了流亡者的口述／我的手就凍傷了／筆被截肢」；接著帶入圖博民族史詩《格薩爾王》：「啊，可不可以偷懶／刪掉冗長的征伐情節呢／或許惡魔和壞人／將少掉更多」，俏皮中隱含對壓制者的批判、對圖博民族解放的期許，足可與〈卓瑪嘉因〉互為呼應。這種心情，委婉而動人地在〈開抽屜〉這首詩中流露：

今日拉薩天氣轉晴
攝氏 11 度C

眼睛很潮濕
囚房被你天天這樣看著
就快癱軟了
繫著早已習慣的腳銬
你在想像中
踩踏遠方不曾見過的海岸線
手指不禁敲起節奏……
Fa Do Si So Mi So Si La So Fa
胸口彈拍出細微的聲音
在漲潮時虛弱地呼喊
Free Tibet

「在漲潮時虛弱地呼喊／Free Tibet」，這是以柔筆寫剛強者的堅定之詩。在我來看，陳思嫻這卷與圖博民族有關的詩，是這本詩集中值得注目的一卷詩作。這卷詩作不僅標誌了一位台灣女性詩人對圖博民族的關愛之情，也拓寬了台灣詩人域外書寫的詩路。

二

與「焦黑的雪山白棉被」卷同樣具有重量的是「微恙」卷。在這一卷中，陳思嫻寫二二八（〈光陰，耽溺在流動的血泊〉）、九二一（〈記「九二一大地震」．詩兩首〉）、八掌溪事件（〈如果屈原在八掌溪〉）、洪仲丘事件（〈為你寫下未竟的遺書〉）、高雄氣爆事件（〈為高雄81氣爆事件而寫．詩三首〉）、六四天安門事件（〈安眠〉），記中國維權盲人律師陳光誠逃亡（〈黑洞〉）、香港傘革命（〈過境〉）……等詩作，在在展現了她作為一位詩人的歷史感和現實意識，這或許是與她同齡的詩人較少觸及的寫實題材。同樣寫實、批判，關注社會，她又與我這個世代的寫實主義詩人群不同，她擅長以呢喃語式，透過語法斷裂的敘事句表現更幽微的寫實情愫，如本卷最後一首〈夢的喪禮〉：

走路的神木嚮往海葬
它深信海洋是地球
最巨大的一滴眼淚
無止境用潮聲哭泣
為它的死亡感到哀傷

它在永夜短暫的眠夢
短暫活過
無法在黑暗的空間行光合作用
腰圍年輪的尺寸卻不斷擴張
超越被單植夢的面積

我醒來，它死了
我遺忘夢境，它死了
在它走路接近沙灘時
我被鬧鐘吵醒
它瞬間死去，海葬的心願
化成泡沫
各種致死方式

永遠神祕地匿藏它的屍首
腐臭味歸屬鼻子的職責
緊閉的雙眼看不見
味道的身形與髮色

我只好寫詩哀悼它
曾經不存在的存在
在無人出席的喪禮上

每一天夢醒
我習慣忙碌，如此張羅
夢的死亡。

這首詩表面上寫神木的枯死，是一首向神木致哀的詩；但通過夢境，則又分明在處理生命議題。神木之薨與夢境之死，相互交揉，最後帶出死生如夢的滄桑感。詩以〈夢的喪禮〉為題，收束於「我只好寫詩哀悼它／曾經不存在的存在／在無人出席的喪禮上／每一天夢醒／我習慣忙碌，如此張羅／夢的死亡。」更是精準地刻繪了現實與夢境（理想）兩相亡滅的虛無存在。

三

陳思嫻曾是我在靜宜大學教過的學生，約是 1996 年吧，當時我在中文系專任，她來找我，拿她的詩作給我看，說她喜歡詩，想從事詩的創作。四年之後，她開始發表詩作，收在詩集中的〈菜湯的聯想〉這樣寫：

> 落葉離枝依依
> 哭攤了一碗清澈的湖
> 湖畔渴飲的鷓鴣　閒踱
> 以迷離的姿態剝啄羽翅
> ——生脆的蘿蔔絲

她以移位的視角，將盛在碗中的菜湯移為落葉的湖水，將蘿蔔絲移位為鷓鴣剝啄的羽翅，具見巧思。

將近二十年後，她交給我看的是一整本詩集，除了前面提到的兩卷寫實力作之外，還有「青春力學的拉扯」卷的青春之作、「書籤」卷的短詩、「好不好」卷的連作、「耳朵都醉了」卷的音聲書寫——足見她的詩路寬廣，並不以寫實、批判為足夠。

但比較起來，我還是偏愛她關照現實議題、切入歷史與時間、生命與人間的諸多佳作。她是敏感且心思纖細的詩人，能夠在處理歷史、現實與生命的題材中，寫出同樣以此為題材的男性詩人寫不出的幽微之聲、深沉之感，以女性之心進入歷史與社會現場，是她的長處，持續以之，她將給出足以刷新台灣寫實主義詩場域的風景。

畢竟，一如這詩集的書名：星星的任期太長了。

輯一

青春力學的拉扯

南華的夜空

——南華大學位於嘉義縣大林鎮，臨近北回歸線行經的北緯23.5度，此地溽熱的氣候，是受回歸線範圍所致。南華大學的天空於我，總像有一條回歸線不停地來回擺盪，於是，在南華求學的生活，彷彿是跳繩與盪鞦韆的遊戲。

約略是臍斷的北緯 23.5 度
於台灣那自戀的肚臍眼
回歸線鬆寬晚餐後的褲腰帶
職班的群星拎住腰帶兩端
滑過中央山脈
涉足三疊溪
弧畫一片南華的夜空
將回歸線輕輕擺盪

回歸線輕輕擺盪，於南華的夜空
群星翹班 紛紛墜落
擦撞成倚山而行的零星燈火
零星卻不伶仃
還探照逗弄池塘裡的青蛙
教牠們搖滾露水
錄製一卷荷葉上
三部重奏小夜曲
（桉樹林的蟲鳴哼唱不規則的伴奏）

回歸線輕輕擺盪，於南華的夜空
書桌上的稿紙交錯綠色格線

彷彿是經緯線縱橫我的思緒
定格我失眠的時區
凝滯的筆尖下，是一顆閃亮的北極星
而分散的詩句逐一排成十二星座
迴歸線輕輕擺盪
南華夜空的群星，自此
公轉著四季的
我的靈感

擺盪 擺盪，輕輕擺盪
回歸線繞圈旋轉，於南華的夜空
群星排隊跳繩而過
喚醒童年已睡著的口訣：
「小皮球 香蕉油

滿地開花二十一
二五六　二五七
二八　二九　三十一……。」
而三十一之後，香蕉由何出油？
群星也能開花嗎？
南華夜空下的田間，只有
鳳梨葉刨出一層層的笑聲
站崗守夜的甘蔗們
在繩圈之外，乾過癮得發甜

我尚在謄抄寫就的詩稿
被回歸線絆了個不專心的一腳
這一腳遂跌進南華的夜空
不累的群星啊！

怎麼一逕邀我跳繩呢？

約略是臍斷的北緯 23.5 度
於台灣那自戀的肚臍眼
我搶劫一顆星星 一條回歸線
狠狠坐上發燙的星星
緊拉著回歸線
擺盪 擺盪
輕輕擺盪著南華夜空裡
我永恆的鞦韆

·寫於2001年

谷風揚起

——致摯友惠豐＆昀陽

等高線停盪在谷底的樓頂
衣袋捕捉了整座山谷的風聲
髮絲的流蘇輕觸臉龐
我們仰望天空
臆測那來回盤旋的羽翼
似灰鴿，似蝙蝠，似燕子
剪過青春　雲遊的夢想
下頷抵住水泥陽台，堅毅地
任山谷的狂風跌向我們
塗上暮色的突高身影

吸食一口風吹的大氣
理想從山谷拍翅飛升
話題仍舊不累地打轉著文學的陀螺
地平線柔和，鬆弛地釋放眼界
橫渡口沫的紙船害怕濕透，沉沒
停泊在遙遠而虛幻的岸邊
雲端的海市蜃樓短暫地爭執著
芥川龍之介復活了，舉起武士刀
劈開我們手指翻閱的東洋紙頁
耳鳴之際，風預謀在山谷
綁架詩的什麼？
山腰上的路燈，一盞一盞牽手
打亮了啞謎
我們滑溜，順延風的迴旋梯

跌坐在屋裡，桌燈下
照見風的手 撫觸著窗邊
搖晃的欖仁樹身
那谷底的暗綠色，兀自延伸
到達我們席地而坐的冥想

風切割了谷底的電纜五線
軌道向前小跑步
《中央車站》的列車，隆隆
自音響出發
電影配樂流過我們的腳邊
我們屏息
停
看

聽……
大提琴弦嗚咽，楊牧被谷風攤在膝上
命題我們同在的時光
手風琴的音箱共鳴
延長一則遲來的消息
——詩已從風中歷劫歸來。

啊！詩已歸來，我已疲累
牆面上，一幅旅遊散文的插畫
框住了奔走

我不再眷顧任何
模糊，難行，窒礙的理路
谷裡縱有風吹

翻動情詩的窸窣回音
而我獨戀你們，親愛的朋友
我獨戀你們，在谷風裡
揚聲我跌宕的詩句，專一而曖昧
直到袖口鼓滿了
插翅漫飛的輕盈谷風

・寫於2003年08月13日

洞

我在洞裡欣賞你每天上班途中瀏覽的風景
在洞裡讀你的床頭書
背下你闔眼之際，催夢的詩句
我在洞裡看你早晨對鏡漱洗，在栽滿鬍子的小田園噴灑白色泡沫
我從鏡中看見被折射的刮鬍刀，在你虛幻的臉龐收割
然後你戴上眼鏡出門，我在洞裡隔著玻璃片
看你逐漸扭曲的世界（我的視力和你的眼鏡無法對焦）
我跟著你走出去，卻在洞口扭傷了腳。

我走著走著從你設下陷阱的凝視，跌入你的眼瞳
一如掉進引力強大的黑洞

・2006・01・20《聯合報副刊》、《2007台灣詩選》二魚文化出版社、《戲仿現代名詩百帖》九歌出版社、「逆光電影公司」改拍為微電影作品（https://youtu.be/3hYn7Voe7uA）

洞之二

我從洞裡偷窺你巨大的餓
偷窺洞的最深處
藏著一疊祕密食譜：
花椰菜、紐西蘭羊小排、赫拉巴爾的小說、
香草奶茶、抓皺襯衫、不加蔥的短詩……
我舔舔嘴唇，繫上圍裙走進廚房

那洞啊，竟是一顆褪皮的洋蔥
偽裝你剝落的視網膜
偷窺我費心張羅
餓的食材

·2008年《國語日報》

考古戀人

浪退回了以水為陸的時代
我的髮絲貼著你的前額
流成了海藻
纏綣你的髮絲抗拒冰蝕
與夜的星霜。
羊水催化微凸的泡沫與夢境
妊娠的地殼不斷將陣痛
撕裂成海溝的皺褶
代理我們　懷孕一座島嶼的權利

黑潮追趕漁汛
奔跑的里程累成節氣

我們浸泡在鹹鹹的時間裡
睡著跌倒，醒著站起
練習覓食方式的演進
身體結痂的傷口
是海水反覆掀浪，醃漬的粗鹽粒
若無其事地漂浮。
而年齡仍在結晶之外逆行

當體膚意外被月光凍傷
你張開如貝殼那啞然的唇型
我貼耳聽到海濤傳聲的回音裡
你未進化，瘖啞的咬字
正在淘洗我縮成化石的小名

・2005年高雄世界詩歌節《海陸和鳴・詩心交融》

大眼霧湖男孩

——給航向愛爾蘭的G

給妳的愛爾蘭名勝地圖
攜帶了嗎
我提到的景點
是位於都柏林
那個「二十歲的葉慈」

請專注聆聽
蓋爾語腔調的英語
在地鐵提醒妳：「各位旅客，二十歲的葉慈
二十歲的葉慈到了，還沒下車的旅客
請準備下車……」

走出地鐵
妳大概會迷路吧
不要把電影《冥王星早餐》螢幕裡
年輕的愛爾蘭演員西利安墨菲
和二十歲的葉慈混淆了唷
雖然他們都擁有一雙
供遊客垂釣的淡藍大眼
像清晨漂著水鳥的霧湖

就快到了吧
繼續走往大麥香味的髮叢
妳必須爬過葉慈被瘋狂的愛爾蘭
刺傷成詩的結痂
爬上鼻挺的綠色小丘

跳入那雙大眼霧湖
妳會撈到一串濕漉漉而哀傷的詩
在二十歲的葉慈，那男孩
用詩革命的時光，到此一遊。

・2007・10・04《自由時報副刊》

角落

月光拜訪過這裡，走入夢境
在黑暗中製造光害
陽光也曾好心跑來打掃
拒絕張貼清潔費的催繳單。
它們僅留下無痕的腳印

角落這張長椅上
有你們各自忙碌的模樣：
打瞌睡，自言自語，使用手機
上網，以及，準時在隔天早晨遲到
咬著半片吐司狼狽地追趕公車……

每天，習以為常在街角撞見彼此
點點頭，打聲招呼
偶爾忙碌時，想起對方的微笑
暖化單調生活中，打顫的冬季
夜晚下班後，疲憊地闔眼
將身體縮進同一張長椅小憩
從來沒注意溫度計停留的刻度
是對方的體溫

是許多年前嗎？牆面的掛鐘
不再為世界奔跑與呼呼喘氣
時間大方搬進白蟻的牙床
容許飢餓的白蟻蛀蝕角落這張長椅

留下你們不曾碰觸的
影子和餘溫的透明碎屑

而我在角落的筆電畫面前
最後一次將零食送到嘴邊
參與你們演出暴雨中的車禍
在無言的劇終畫面
我的手肘一次又一次拭去眼眶的霧氣
吸呼與瞬間停擺的掛鐘
同時屏息

·《野薑花詩集季刊》第30期2019年9月

失蹤

像月光佇立街頭
緊盯著斑馬線紋路
預測任何相遇的可能

一個禮拜了
罹患視覺條紋症的我們
把彼此路過的身影
當成越獄，穿上囚衣的逃犯

一匹斑馬剛剛離開
另一匹斑馬奔來

一匹多嘴的斑馬開口：
「白馬非馬，
愛，不是愛情。」

・2012・07・05《聯合報副刊》

青春誤讀

她伸出小指頭
胡亂掏耳朵
咬吸管，不耐煩
抱怨：「我的耳朵發癢了啦。」

風緊追春天為植物速速翻譯
發癢被誤聽為發芽
全數溜進女孩的耳朵
預備搭建一座花園

每顆種子像一個吻

女孩的臉每天冒出一顆痘痘
埋藏臉紅的祕密

·《笠詩刊》第 302 期 2014 年 8 月號

老情歌

經由 DNA 的鑑定比對
一隻身具艷后血統的埃及斑蚊
交纏著壁虎
鋪在天花板上的長舌
吸食器傾注血的沸騰
鐘擺對牆，賣力交換
彼此擁吻的深度
光影緘默，時間依舊走回牆角的塵埃
我們早已萎縮的舌根，無力地
癱瘓成一座顫抖的危橋
無從抗衡兩端　青春力學的拉扯

舌苔風化了
許多潤濕了的話語
翻覆，頹圮
誓言沉積在歲月的侵蝕岩壁
報時鳥鑽出岩縫
測試了十五聲午后的肺活量
你微微點頭，瞌睡著還沒醒來
雞毛撣子溫柔地接獲，頭頂以上
一對墜樓的熱戀典範愛人

玻璃墊上堆坐著豌豆
生嫩的綠絲線褪下任性
你微微點頭，瞌睡著還沒醒來
突跳出太陽穴的青筋
曾經絞斷巨人的粗暴腕力

遺落下來的根莖，永遠地，安靜地
沉睡在雙手環胸 砌築的花園
胸中的祕密逐往年少
日記本裡，一頁泛黃的輕愁
輕愁彷彿夢境打呼的一縷野煙
煙霧斷續消散，手掌的厚繭不再敏銳
情緒的刺痛或者椎心
眼鏡老花了，終究將園裡的雜草
包裝成一束玫瑰幻影
惟獨那不死的根，深深地扎穩
齒牙晃動的七級震央

皮球跳牆，砸碎了池塘
初凝的薄冰

髮梢濺起一季冬雪皚皚
晚餐菜餚裡，白鹽淚鹹的滋味
往後將添加更多了吧
你微微點頭，瞌睡著還沒醒來
藤椅駝背，貼緊脊椎的弧線
膝蓋骨嘎嘎作響，測量風的濕度
唱針刻劃唱盤　那深遂的年輪紋路
一圈挨近一圈漸漸老去的軸心
拐杖舉步敲起蹣跚的節奏
我輕輕哼唱著桌燈罩裡，一首
恆常走音的情歌
然而張口的時候，畢竟是無牙了。
你微微點頭，瞌睡著還沒醒來

．《詩次元——詩路 2001 年詩選》河童出版社

星星的任期太長了

無疑，我是渺小的
我只能仰望夜空
聽每一顆星子遙遠傳來竊竊私語
從天文台望遠鏡清晰看見——
天狼星開口重複嗷叫，炫耀自己在古希臘傳說中
扮演首席的角色；
駝背的老人星每天
覓尋一根倚仗的樹枝
坐在樹下，回憶年少時
玩轉圈圈如同拋陀螺的遊戲

它們從我手上的星盤
分布在四季不同方位
討論從前從前從前啊
首先發現它們住址的
許多科學家
不是被國王以異端邪說的條例
砍掉一顆頭顱；或者
讓他們蹲在牢裡吃飯

而我渴望一季安安靜靜和平的豐收
星子能從獵戶座獵人那銳利的眼神逃脫
銀河的水清澈可飲
不再調成醉人的血腥瑪莉

曾經，我也羨慕它們如此安逸

只要累了，化作隕石擦過地球
留下到此一遊的璀璨蹤跡
以及眾人的驚呼聲

偶而在夢中，總是有不認輸的星星
在路隊長喊口號，整隊之後
邀我重新轉世，定居永夜的星空

我的意念確實有些不穩地晃動
卻在發楞之後
堅定地搖頭拒絕這份
美好且善良的心意

我只想疏懶地躺在大地

閉緊雙眼，扣合十指
貪心地一次又一次許願
即便月亮把我的影子推斜
實現後的願望難免被陰霾竊走
然而，星星的任期太長了

・寫於 2019・01・30
・《野薑花詩集季刊》第 28 期 2019 年 3 月號

輯二　書籤

我是……

綠毛衣
綠外套
褐色球鞋
褐髮
褐眼珠
我是一棵樹，長在你敞開的胸口。

．寫於 2002．2 月

．2002 年《愛戀小詩》喜菡文學網出版

好公民守則
第一條

行車請禮讓，
一首詩將穿越城市的耳洞。

・2009・04・06《聯合報副刊》「標語詩」作家示範詩作

菜湯的聯想

落葉離枝依依
哭攤了一碗清澈的湖

湖畔渴飲的鷓鴣　閒踱
以迷離的姿態剝啄羽翅
——生脆的蘿蔔絲

·寫於2000·11月

家住歪仔歪
——訪藝術家吳炫三

「當陰天霉濕了故鄉
我只想，回到
童年的宜蘭
拿雨具……」
然後，他抿著唇
用眼神雕刻出思念的沉默。

．註：宜蘭舊時屬平埔族噶瑪蘭族，羅東舊稱「歪仔歪」。

．2012．10．01《自由時報副刊》

簡訊兩則

1

約在北斗七星對角
的麵包店吧我還在
杓子裡的低水位洗
澡你喝完可樂我就
從夜空降下　記得
買海綿蛋糕接住我

〈織女〉
日期：19/5
時間：12:20
〈+886926188888〉

2

從昨天就立在街心

穿著黑白條紋情侶
裝　妳走過夜色
的斑馬線竟一腳踩
死　我的靈魂黏在
妳的涼鞋鞋跟
去年跳樓大拍賣僅
剩的那一雙　典當
了在噴水池前湧現
的靈感　買來
送妳　的
〈靈魂不滅定律者〉
日期：03/6
時間：13:46
〈+886923354199〉

· 2001年《壹詩歌》創刊號 · 寶瓶文化出版社

詩廣告

·

高價收購鋼琴
蛀牙黑鍵齊全
白鍵黃板牙亦可
沒有豆芽藏身琴縫
意者請來電 28945503
用C大調無伴奏發聲留言
您從此不必為琴所困

·

廉讓
拖稿／賴床／夢徑路痴／

拒捐發票給慈善機構／失眠
卻多夢／拒絕閱讀報紙廣告版
／對著熱汽球傻笑，低頭發現
是貓把蕈傘一腳踢上了天空

業主無法專職管理缺點
忍痛割愛，價錢好談
2941852

·

陳小蟲遺失頭頂鹿角一對，
奔跑能力、背上斑點、清晨食草習慣
在此聲明作廢

·

一通電話！立刻收購您的煩惱！

古董健忘症・截稿日期・雨天
・星期一症候群・愛貓頂嘴・檸檬早熟
・手工皂與冰山一起融化
0933266732（贓物勿擾）
・
自租
柳丁瓣套房
維他命C棟
橘色皮加蓋
幽靜，近春天路
490228405
・
急徵
下水道長期粗工

擅第二外語佳
鼠語、蟑語
85453321

・

徵夜間走路工
貼小廣告人員
限夢遊者與重度失眠者
上班時間：太陽起床前
時薪：月球旅遊集點章一枚
0911444322

・

你想昏嗎
政府立案合法經營
男醫師女教師

昏友社 7594012329
無誠勿視

・

2000 元起獅大家教
國中國小各科絆讀
英日語廢話練習
86407516

・

左心室全新豪宅
權狀 65 坪
總價 3800 萬
挑高 3 米 8
近左肋骨
非仲介

需負擔一半開刀費
0988736451

·

修改專家
三十年經驗
拆除心牆
清運埋怨
土木痘花臉
油漆指甲
血管水電
專治粉刺壁癌
粉刷毛細孔
0992486711

·

收購您的愛詩
各種長詩短詩好詩壞詩
偽裝成詩危險的獅
與屍躺在冷凍庫的冰詩
趕不走的詩蝨
一通電話到府估價
33058173

·

五樹命理
通櫺解運
事葉求才
桃花斬斷
48710395

· 2009.12.23《國語日報》

月蝕

千年以來，我始終是無辜的。我何曾吞掉那塊黃色大餅？我不過是印模上，一只飛翔的圖騰，不慎烙成一則神話的陰影。

浩瀚的虛空中，大餅在時間的發酵粉裡翻滾，不斷膨脹。而我的孤寂，是汙點的再縮寫。

・寫於 2005・8 月

・2015 年《笠》詩刊 305 期 4 月號

朝聖

德國蟑螂穿上褐色混白條紋制服
不時經過書桌
沿著牠們行走的路徑
我找到了三本許久未翻閱
馬克思的《資本論》

幾根觸鬚散落在不同書頁
烙下蟑螂深深鞠躬的影子

《笠詩刊》第 302 期 2014 年 8 月號

魔法阿嬤
——記平埔族女巫

部落的蜘蛛網
她的假眼睫

嚼過又嚼過的檳榔汁液
她頰上的米彩妝顏

祖靈喝剩的酒
她潑成回家的小路

星光潔白而黏膩
從她鼓漲的乳房流出

獵人撿到一顆頭顱
她主持秋收時的圓月

蟾蜍背上的嶙峋
她醃成貪吃者的酸梅

一朵白雲，編織
祭典上，她披身的輕紗

一枚雷，釀造
她傳聲給祖靈的音量

母親胯下紅色的長河
她終身獻祭的血

部落的林與地
她貞節的身體

《乾坤詩刊》第 34 期 2005 夏季號

書籤

0：「一隻精靈伏在書本的空白處睡著了」

別醒啊
翅膀攤放的姿勢
恰好
遮住一段猥瑣情節——
『愛人和裸貓躺在春天的石綿瓦上
進行盛大的日光浴
玫瑰花瓣從大氣層紛紛落下……』
被背棄的男子根據前後文
猜測出雷同的遭遇
淚水臨近眼眶的堤岸

這一季流過太多
禁不起承諾一再考驗的洪水
諾亞把方舟停泊在西海岸
我謝絕登船的好意
暈眩慣了
或許也能嘔吐成搖搖晃晃的詩

1：「牠夢見了一首詩——而我」

把頭擱在寬厚的書身
吸取紙頁的體味
和臉頰撕磨著
陷落羞赧的摺痕
斷層帶上的小木屋
地震之前，先坍塌了

我夢見姊姊走向城市的轉彎處
拉起膨膨的蛋糕裙襬
插上一根螺旋蠟燭……
這也是一首詩嗎？

2：「我直接閱讀了牠的夢……」

精靈的夢
精靈的詩
象形成為解不開的符碼和圖騰
佛洛伊德坐在通識課教室
後排靠門，方便溜課的位置
埋首在A4紙上勤作筆記
下課鐘響時，他舉手向心理學老師發問——

精靈發生在人的潛意識嗎？
比如說，用牛奶澆灌玫瑰花圃
或者粉紅色鬍子。

1：「書被風翻過一頁」

停電的夜裡，風扇轉軸
一頁一頁掀起世紀的焚風
我雜食地吞火
啃了19世紀的小說
18世紀的歷史
20世紀的隨筆
17世紀的回憶錄
還有21世紀喔，以來的我和未來的詩
而擁有精靈的閱讀口味

0：「精靈翻過身。醒來，不悅」
還在鬧起床氣啊？
我才被一通語音留言吵醒呢
它警告我
精靈的閱讀口味
將引起消化不良的下場
我溫柔地說聲謝謝

-1：「怒斥我：你偷看了什麼？」
你看了什麼
我大抵就看到了什麼吧
這還用得著斥怒嗎
我從不隨便動怒

而消化不良的下場
是吃了太多
你攤放在書頁上
葉脈那般
從樹椏飄墜的翅膀

所以，你的肉身薄薄一片
一直被壓在書裡
無關報復和我的溫柔

．註：引號裡的六句詩，是詩人陳克華的作品〈風〉。
．《乾坤詩刊》2002 年第 24 期冬季號

輯三

焦黑的雪山白棉被

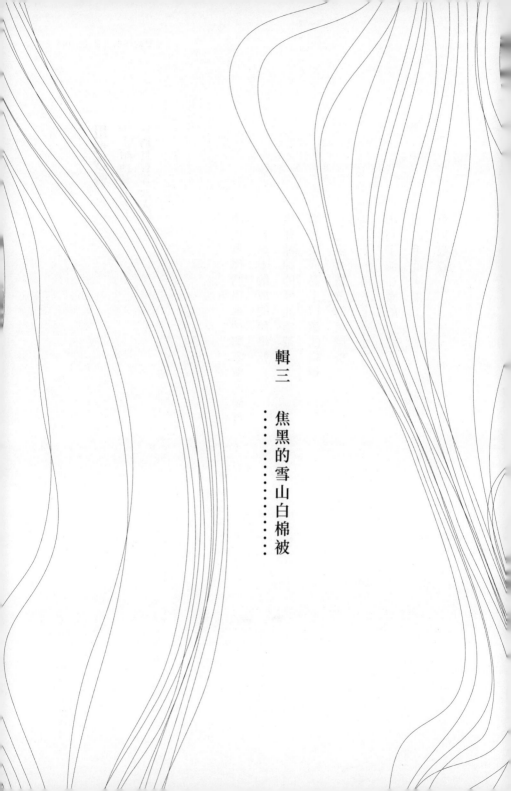

用雪抄襲

——給西藏朋友
貝瑪旦曾等八人

讓我為你們用雪抄襲家鄉的緯度
沿著桌上散放的犛牛乾
幾杯涼掉的酥油奶茶
嚼起來像黏土口感的糌粑
哼完藏式情歌的笑鬧聲
（以上，稱不上道地）
來到了流亡者的口述
我的手就凍傷了
筆被截肢

讓我為你們用雪抄襲家鄉的史詩
古老的格薩爾王已經端坐在最後一行等我
以筆沾染他　康巴男子般的氣味
啊，可不可以偷懶
刪掉冗長的征伐情節呢
說不定惡魔和壞人或許
將少掉更多

讓我為你們用雪抄襲家鄉的星宿，遠遠地
藏曆鐵虎年／西元 1950 年
一位大喇嘛禪坐的午後
不明的影子闖進他的冥想
天光灰幢幢
那幾顆星宿，公轉著他的頭顱

都嚇得失序了，從此
你們在家鄉以外，顛倒的曆法裡
吃穿喝睡讀書思念掉淚生氣沮喪
例如：我們相識的這一年，必須這樣唸——
西元 2007 年／藏曆火狗年
（大喇嘛的頭顱和藏曆早是火投宿的廢墟了）

讓我為你們用雪抄襲
可是根本沒有下雪
我穿上預備的冬衣，手扶大冰塊
嘎啦嘎啦地，讓舊式刨冰機刷出即融的雪花
最後只能為你們用雪抄襲家鄉
深秋的溫度

家鄉的雪忽然想要前往亞熱帶旅行
開始用山的稜線抄襲小島的地平線
抄襲我們聚在燈下，兩種口音的對話……

．《聯合文學》2007 年 6 月號
．《2007 台灣詩選》二魚文化出版社
．後記：《格薩爾王》是西藏史詩，也是世界上最長的史詩。

今晚借宿「旦增旺青」嗎？

——致西藏詩人旦增旺青

他們用藏語告訴我
你失蹤了許久⋯⋯
我愣愣地笑
堅持在深夜的星空下，再次默讀你的詩
並且穿插一則尋人啟事
誰能為你翻譯它呢
我苦惱著，然後
不小心被高原的風搔到睡著了

他們繼續用藏語告訴我
你瘋了許久⋯⋯
哪個寫詩的人不是瘋子呢
我看見裂成一半的自己
沒有攜帶行李，逕自走往喜馬拉雅雪山
經過你被冰凍的軀體，像一座透明的空屋
我敲敲你頹潰的胸膛，知道裡頭
至少住了一個人，專為你的讀者應門

她的聲音彷彿從遙遠的閣樓傳來
用蒼老的藏語告訴我
你的青春被禿鷹叼去了許久⋯⋯
她獨居你的胸膛，曾經佔著這唯一
幸福的席地，讓你倖免於大兵的槍口

她的聲音更近了
我像雪地裡的野兔，塑起耳朵
聽她帶著歉意的藏語告訴我
自從你丟下軀體遠行，她也逐漸忘卻
下樓開門的路徑與行走的方式
：「身體只是一間旅店啊
旦增旺青的靈魂久未回來了
外頭風雪很大，妳今晚借宿這棟
旦增旺青的軀體嗎？」

・後記：西藏詩人旦增旺青曾就讀醫學院，並流亡至印度，三年後因思鄉而返回西藏康區，但遭到中國軍人毆打與驅趕，旦增旺青自此精神失常且失去行蹤。他的詩〈雪山與雪山人〉曾寫道：「千萬不要朝我的胸口瞄準／因為我的心裡還有另外一個人」，令我動容。此詩獻給旦增旺青。

・《台灣詩學季刊》〈吹鼓吹論壇四號〉「詩人致詩人」2007 年 3 月

風馬旗

你凍傷的唇，輕輕吹動
監獄窗外皺皺褪色的風馬旗
飄向雪山這一端

我的耳朵裝滿旗上的經文
情話都羞得躲起來
幾匹馬，在風中跑渴了
我牽著牠們
走近我的眼睛飲水
仔細叮嚀——
千萬小心

不要喝光了
你的倒影

・《野薑花詩集季刊》第27期2018年12月

迷藏

——西藏友人．洛桑策令油畫〈My Nightmare〉

陰天的星星拐走鵝黃色
瘀傷過久的紫，也逃走了
一幢流浪的影子想住進我的身體
我摺疊空曠的肉身
躲進紅色
紅色躲過斜斜的雨絲
躲進佛塔
一起，低頭蹲著

我的身體想躲進另一幢陌生的影子
影子躲進藍色

藍色躲進新漆的牆面
牆躲進雨季的月光
月光躲進暗巷
巷子躲進未完成的線條
線條躲進畫布，躲進身體和影子
看不見的顏色，
和未上色的空白角落

．《台灣詩學季刊》〈吹鼓吹論壇七號〉「冷酷異境」2008年9月

開抽屜

今日拉薩天氣轉晴
攝氏11度C
眼睛很潮濕
囚房被你天天這樣看著
就快癱軟了
你在想像中，繫著早已習慣的腳銬
踩踏遠方不曾見過的海岸線
手指不禁敲起節奏……
Fa Do Si So Mi So Si La So Fa
胸口彈拍出細微的聲音
在漲潮時虛弱地呼喊
Free Tibet

・寫於 2010・12・24

・後記：中國流亡作家傅正明曾說過，每間囚房都像一個抽屜，所以〈開抽屜〉一詩，象徵打開西藏的囚房，寫出其中一位被禁錮者的心聲。「Free Tibet」意指「自由西藏」。

歸途

像雪域的星星為羊群點燈
像夜半家門前的飛螢
像媽媽倚門等待的眼神
燭光迤邐在回家的路上……

今晚我沒有打開家門
聽說德格寺被鐮刀彎月割傷了
窗戶扭曲，僧人的表情鑲滿玻璃碎片
寺廟大殿藏著尊者的面容
祂溫暖的聲音
像毛毯厚實地摟著我們：「孩子乖，不痛。」

然而，牆外四起的槍聲，把耳膜彈得好痛
除了自由的呼聲
其餘的言語，耳朵都不想聽見了

藥草能止傷嗎？
千年傳說和野草一起翻飛，沒提過
皎亮的彎月會傷人
坦克車在身體的哪一條經絡塞車
把我們彈出了五臟六腑？

德格寺和家門前，不過是同一條路
如何跟蹤犛牛的腳步，卻都回不去了
悲傷也不再是悲傷了

藏藥經典裡，沒有記載治療心病的祕方
五十多年過多的悲傷
悄悄潛入佛塔和草原荒塚

· 2011年，西藏四川德格寺，再遭中共迫害，造成多名僧侶自焚。

拉薩的花圃，開滿眼睛耳朵

——2008年3月10日是西藏自由抗暴四十九週年紀念日，拉薩街頭充斥手拿西藏國旗的僧侶與藏人，向中國抗議、爭取基本自由人權。但中共政權持續以暴力鎮壓西藏並封鎖消息。此時，兩位西藏流亡朋友，他們的家人住在拉薩……

她從台灣台北／他從印度達蘭薩拉
撥打電話回拉薩
響了老半天
槍聲才接起電話
母親的嘴巴對著話筒
噴吐嗆鼻的煙霧——
（一株一株的眼睛和耳朵從花圃抽高）

收到妳／你的家書了
不要在信裡夾帶花的種籽
今年春天的拉薩嚴重乾旱
扭開水龍頭，嘩啦嘩啦洩出血水
花朵肯定長不大了
（一株一株的眼睛和耳朵從花圃抽高）

不要在信裡重述 1950 年的拉薩
那時候妳／你還沒出生
妳／你不明白，我如何精心
把妳／你藏在肚腹的洞穴
吞噬我的飢餓與不能說出的話語
現在，妳／你身在高原以外的地方
消化不良的老毛病痊癒了嗎

有事沒事記得儘管嘔吐
（一株一株的眼睛和耳朵從花圃抽高）

不要使用簡體字寫信回家
事情不會像字體變得更簡單
不要考汽車駕照
妳／你打算幫漢人開裝甲車
載我去欣賞
開滿一株一株眼睛和耳朵的花圃嗎？

地莖纏斷電話線與母親的聲音
一株一株的眼睛和耳朵分別越過
拉薩老家的屋頂
別上母親蒼白的髮色

·《乾坤詩刊》2008年第46期夏季號

焦黑的雪山白棉被

——致陸續自焚的雪域英魂

你們身上的絳紅色僧袍一直埋怨：
好黑好疼
好疼好黑
疼疼疼黑黑疼黑嘿嘿嘿
不斷傳來的笑聲
從碎裂的耳朵溢出

這片雪山白棉被覆蓋的家園
早就黑掉了

黑到連星星都擠在白天的雲團

向犛牛眨眼睛
黑了　黑了
如果絳紅色僧袍
太紅太顯眼
草原的土撥鼠會像平常一樣
早起就賣力挖洞
你們儘管睡在髒髒的土裡吧
把紅色染成最自然的黑

火焰是紅的
熊熊地把你們染黑
連一聲疼
都不想大聲喊出嗎？

疼疼疼黑黑疼黑嘿嘿嘿
絳紅色僧袍還在埋怨
風中不明的笑聲
使勁伴奏
雪山白棉被蓋著
不再轉醒的你們
一輩子都黑了　黑了

2011·11·15《西藏的天空》第五期

餓肚子

——在台流亡西藏人，為抵抗中共政權的十二位自焚同胞而絕食。

胃是一只空空的袋子
四十九個小時
拒絕裝珍珠奶茶
拒絕裝熱湯
拒絕羊肉與雜碎
拒絕可樂果蠶豆酥和魷魚絲
拒絕星星，拒絕黑洞
拒絕可食與禁食的

拒絕走進便利商店的深夜
拒絕愛情拒絕吻
拒絕生食與熟食

拒絕的邊界
設在海浪掀起的幅度
拒絕水母跳舞，拒絕吧
翻滾且奔跑的海馬
拒絕的波浪退到丘陵
退到草原

拒絕拿中獎發票兌換和平協議
拒絕在寺廟外圍拿槍抵擋誦經聲
拒絕火　靠近凍寒的身體

拒絕雪融化拒絕淚
拒絕藏羚羊闖入空袋子覓食
拒絕高原的天空和地面過於親近
拒絕抽菸，彷彿炊煙升起
拒絕犛牛糞便填充房屋牆壁
拒絕牧民遷徙的帳篷
拒絕千古傳說和禁忌
拒絕媽媽穿上傳統藏袍
拒絕悠長的迴音
拒絕再拒絕，不許說藏語
不許再喚我：
「孩子啊，回家吃飯囉……」

《幼獅文藝》第698期2012年2月號

迷路

——倉央嘉措《第六世達賴喇嘛情詩》

在心頭
養一隻鹿
犄角
蜷縮成
穿上灰塵的經文

風溜過
酥油燈影在牆面晃動
鹿和你

在誰的幢幢髮叢迷路了？
用犄角
繞成許多問路的話
和幽邃的小徑
天亮了，鹿和你
依舊無法趕回布達拉宮

．後記：《第六世達賴喇嘛情詩》作者倉央嘉措（1683-1706年），西藏著名詩人，法名——羅桑仁欽倉央嘉措，時常化名為「宕桑旺波」，流連拉薩的酒肆，為歷代達賴喇嘛中最富神奇色彩的人物。
．《台灣詩學季刊》〈吹鼓吹論壇八號〉「獵詩集團」2009年3月

鞋碼

——流亡途中的西藏女孩

跨越每一個黎明和夢分手的邊境
她有時坐在土堆發楞
雙眼含住結冰的淚水
故鄉的廟宇越蹲越矮
那幾條曾經散步的蜿蜒小徑
以及一再迴旋耳畔的民謠
早已在牧人經過時
埋進羊腸

舊鞋的邊緣撕裂開了
她從疼痛的趾縫

拾出幾枚格桑花種籽
偶遇的土播鼠恰巧新居落成
探頭透漏苜蓿草的春訊

青春是一只奢侈的粉色跟鞋
聽說看不見盡頭的地方
都稱為遙遠
直到她的影子成了故鄉的遙遠
擦拭汗與淚
里程將為她演算此生
唯一合腳的鞋碼

《野薑花詩集季刊》第 27 期 2018 年 12 月

翹課

風蹿進絳紅色僧袍
搔他小小的腳掌
每根趾頭癢癢的

分心的他
急得唸出剛學會的咒語
騰空穿過寺廟牆面
到草原上找小羊
騎上牠的背
奔回家裡找媽媽

．寫於 2009．03．21

卓瑪嘉因

請勿在夏天拿放大鏡細讀這首詩與這則新聞
因為，卓瑪嘉因，西元一九七七年
出生於容易被陽光灼傷的雪域
卓瑪嘉因在中學擔任歷史教師，每天
像一台接上發電機的播音器，翻開課本
以陌生的語言為學生朗誦虛構的故事
他總是笑稱自己幾乎晉升成語文教師了

正當我在想像的路口裁下一張年輕喇嘛的臉孔

於光禿的頭顱植下深綠色草皮
使他看起來酷似同鄉但未曾謀面的卓瑪嘉因；
卓瑪嘉因恰巧在課堂上放下劣質的粉筆
搖醒一位時常打瞌睡的學生
學生惺忪地、卻有禮地回答：
「老師，我只是在夢裡重複種植一棵死亡之樹，那是
五十年前祖父逃離家鄉時，忘記帶走的風景
老師，祖父的遺書遙遠地向我傳遞
在幾經流轉的旅途中，那張薄薄的紙
躲過了億萬分之一被流星襲擊的機率
躲過了陷入海底深思的流刺網
殘缺的文本越過幾塊島嶼，巨浪掀起多種語言的爭執
繞出舌的海岸線，我甚至懷疑自己讀到的是祖父亡命的歷險遊記……

「漂浮的祖父乘坐如魔毯般的遺書前來
老師，您打斷了我和祖父的談話啊，他的魂魄
好不容易越過嚴寒的雪山，跨上犛牛背
來到枯槁的樹身，他好不容易從我髒兮兮的臉
認出父親牧羊的樣子，現在他又誤入您手中
課本裡岔出的歧途，走進淌乾淚水的拉薩街頭
雨季早已遠走了，那裡卻處處佈滿雷區。老師，祖父馬上
就要遇見當年先於他，被砲彈攔截去路的老朋友們
老師，請讓我繼續睡吧，請讓我從那些
毀於一旦的模糊血肉中，為祖父一一指認出
我玩伴的祖父們，讓我帶他們
一起回到葉片發紫的死亡之樹。」

卓瑪嘉因拔掉漏電的播音器插頭，丟下課本、跑出課室

躺在大草原上不分晝夜望著低低的天空，蒐羅
每一朵雲的痕跡，輕輕迴轉成藏文那柔軟的筆劃紋路
在稿紙上——記載著污染的湖泊與稀薄的空氣、
把垂死的羚羊送往沒有暗藏槍口的救護站
並且安置不安的雪山、扶正傾斜的寺廟和經文
最後再種植一大片死亡之樹……。

卓瑪嘉因將這些文字鎖在抽屜，他的朋友們
只好喝下噤聲的藥水、縮小身體，蹲進抽屜屏息閱讀
但槍桿還是撬開了抽屜，卓瑪嘉因被帶走，根據輪迴的規則
而被鎖在如抽屜般的囚房，從此見不到那些被他寫下的風景。
他在獄中不幸染上肺結核；有報告指出——
「卓瑪老師教學認真，吸入太多粉筆灰，目前在山中靜養肺病。」
卓瑪嘉因的行蹤和性別始終不明

為他聲援的讀者紛紛期盼卓瑪嘉因是一名女性
那麼，當她的名字重新被翻譯成卓瑪佳音
或許將是一則獲釋的好消息

・2006年第二屆《自由時報》林榮三文學獎新詩首獎

・相關受訪報導：http://news.ltn.com.tw/news/supplement/paper/230384

輯四

好不好……

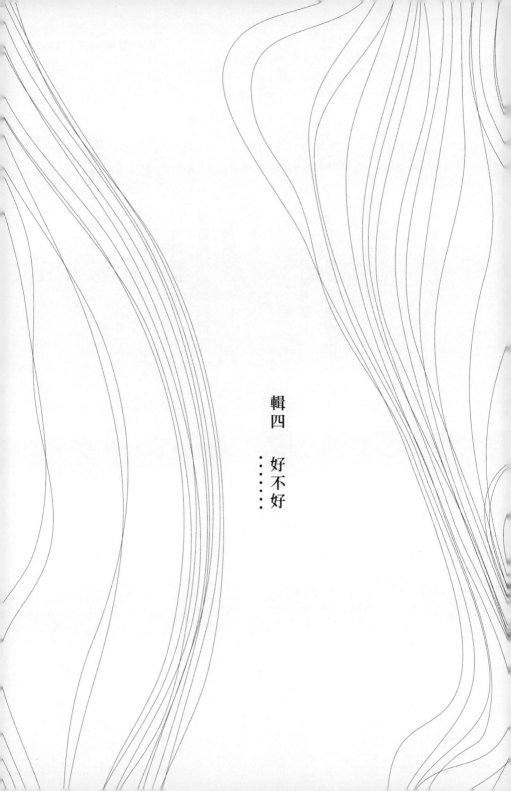

好不好之一

沒有唱的那首歌
讓時間主動約我們
一起唱完
好不好？

一朵雲滑過天空
我唱了那首歌的前兩句
請它帶給你
你說好不好？

你今天過得好不好

當那朵白天的雲
從我住的城市通過格林威治
到達你的耳朵
是不是會變成你睡前的一團耳塞
這樣過期的歌
好不好聽呢？

．2011年「太平洋詩歌節」圖（攝影）文詩獎第三名
．《幼獅文藝》第698期2012年2月號

好不好之二

把那朵雲塗成跟天空一樣藍
好不好？

雲和那首歌飄到你那裡
不要讓它靠海
不要碰到一樣藍色的建築物
不要遇到所有藍藍的保護色
就讓他掉進你藍藍的眼睛

用你的眼睛
蓋著夜晚的夢

聽我唱那首歌
到底好不好？

・《幼獅文藝》第698期2012年2月號

好不好之三

不太確定
你的眼睛是綠色還是藍色
它們看我的時候
都躲在黑色鏡框後面

把髒髒的玻璃擦乾淨好不好
讓那首歌穿透玻璃
穿過鏡片
帶一點碎片
唱歌的時候才會發出顫抖的音
你說好不好

在冷冷的天氣裡
一定要發抖唱歌
讓花和葉子晃一晃取暖
好不好呢

《幼獅文藝》第698期2012年2月號

好不好之四

小包包的拉鍊壞掉了
丟掉它好不好
雖然還可以裝一些東西
零錢、防蚊藥膏、幾句謊言……
也把你裝進去
好不好

壞掉的拉鍊
卡在小包包中間
你們偶爾掉出來一下下
我重新把你們放進去
你認為好不好

不想關住你
不想典藏你
不想像保存小時候用過的物件那樣
保存泛黃的你

這應該與我們
最關心的人權和自由
相近的定義
送給你當做離別的禮物
你說好不好
好不好呢？

．《台灣詩學季刊》〈吹鼓吹詩論壇14號〉「新聞刺青」2012年3月

好不好之五

忘了那座森林的夜空
是否有星星排排坐
只記得交談過的單字
顫抖成細碎的雨滴
淋濕周圍的景物

冷，很冷，真的好冷
夏天的，鵝黃色之冷
也許星星早就在聊天時
靜靜垂降了
偷聽我們說話的內容

讓星星墜落玉米田好不好
假使被它擊傷
至少有一隻兔子可以跳回樹洞
傳達救命訊息
好不好？讓一隻烏龜
突然從旁邊的池塘爬出來
抗議：「誰說童話裡的烏龜
一定要跟兔子賽跑？」
好不好？

・《台灣詩學季刊》〈吹鼓吹詩論壇14號〉「新聞刺青」2012年3月

好不好之六

戶外，一列難懂的單字
和瞌睡蟲聯手疊羅漢
我的夢被壓得好重啊

每個人同時跑開了
午睡時刻
只有樹葉刮出風
颼颼的腳步聲
刮痛我打呵欠
張開的喉嚨

我發出咳咳咳咳咳
回答下一堂課的問題
你無聲地靠近
打開黑色羊毛外套
裝進我的聲音

我的喉嚨鑽到口袋
暖暖的。好不好？
咳咳咳咳呵呵呵
再也不要從你的外套
棄置風中
好不好？

．2011年《風球詩刊》

好不好之七

口袋有齒痕那般，裂開的縫隙
縫隙有光
我蹲下來，穿入光線那端

反光的聽診器
觸碰胸膛，一陣冰涼
像森林的風襲來
我繼續咳嗽
醫生咕噥咕噥抱怨的話語
揮發成暗灰色氣體

在我拿到處方箋之前
請在隧道入口
戴上口罩等我，好不好
不要勸我吞下每一顆
效用不詳的陌生膠囊
究竟好不好呢？

・2011年《風球詩刊》

三角心事

貓的心事
只有魚知道

哀傷的貓，曾經
被魚的心事，梗在喉頭

魚在低水位的河邊，被晾乾了
貓時常感到口渴

魚習慣在濁水裡游泳換氣
貓偶爾委屈咽下汙水

魚在貓的胃袋，翻閱
老鼠的心事，瀰漫著一股下水道的氣味呢
魚掀開鰓搧風，老鼠的心事嚙住空氣
冬天的風形成鋸齒狀 刮傷路人的臉龐

貓的心事，還藏著
不再飛動的鳥

魚和鳥並肩擠在貓的胃裡，翻閱
貓私吞了主人的《山海經》

鳥和魚打發時間，開始在書裡找尋彼此
數千年以前，被想像力拍攝的原始圖鑑

．《乾坤詩刊》2019年第92期冬季號

天使之書

一麻袋的風從秋天出走之後
枯黃的落葉也能
踮起腳尖往天堂飛去

光針織大地的影子
孩童用泥巴抹上黑色的微笑
神殿台階的鬥雞為真理而扭打
與刀疤相似的閃電
刻劃我時刻沉思的下巴

世界擁有雛鳥未長齊的毛髮

而我偷竊了天使
遁入上鎖的玻璃櫃裡讀詩
整理羽翼
那已風化的永恆

・寫於2002年

風之子

Dear you，一陣亂石般的狂風
將你打落至充滿光線的溫室
而我正在溫熱一杯白色顏彩
染指的牛奶

光熨燙你額上的嶙峋
我跪在皺褶的痕線裡
卑微地禱告

Dear you，爐上的火侯將牛奶吸乾了
焦味蒸散至我的指尖

你自夢境盜出的汗
一滴，兩滴，三滴……
陷入時間的沙漏
我從窗外抓來一隻報時的荒雞
調撥牠羽毛下生鏽的發條

Dear you，溫室的氣候越來越乾燥
當橘紅的夕陽滾落成溫度計的水銀
Dear you，你的體溫跌盪到攝氏零下
手毛伸出仙人掌的刺芽
我披上頭巾，露出圓睜的雙眼
一隻單峰駱駝涉過你腹上的沙
Dear you，我感到喉頭的渴
臨界在你唇線所圈畫的綠洲

一整夜，你的肚臍旋起怪異的風向
打亂你粗糙的髮，它們一根一根地落下
Dear you，此刻你的腰圍木質化了
年輪一圈又一圈，計算你
停留在溫室的時間

Dear you，你胸前那塊發光的綠石
突然被焦慮的松鼠奪去
摩擦牠日漸增長的門牙
Dear you，我們僅剩神秘主義的直覺牽引

你毫不猶豫從口袋掏出另一塊綠石
挺立在原地，隨時能摘下一朵被雷劈成半的雲
透明地隱遁而去，或者軟弱的時候

Dear you，大地陪你一起啜泣

風把泣聲消音

Dear you，風將吹來你在空中翻筋斗的倒影

．寫於2002年

起毛球

一件不合身心的毛衣，披掛在他夏天的骨架。萎皺的領口使他憶起某年冬天，一開口說話，就撲出灰黑的霉味。他將胸前脫落的毛線，纏了一個死結，為了避免支氣管炎舊疾復發，他下定決心不再循著累堆的記憶，揚起渾厚的塵埃。

髮與鬚，從粗大的毛細孔伸張至膝蓋的臨界點，遇上膝蓋跌傷的化膿處，於是盤結成沼氣濃濁的雨林。

究竟多久沒讓陽光侵過永夜的版圖？他試圖攤開昨夜，任性揉碎的靈感，才隔一天，那些字跡，卻揪住盜汗的手毛，起了毛球。

·寫於2003年

輯五

微恙

志工

「嗨，大家好
我會為這個團體
盡我的
綿薄之力」

她穿上黑色長褲
小心走路，坐下，站起
薄薄一層棉紙
夾在雙腿之間
血滴漏
擴張成一池湖

禁止遊客游泳或打鬧嬉戲

據說與月亮，海水
以及潮汐
這三者之間
有微妙的關聯性

她不靠近海
潮汐如何找到她
她不賞月，也乖乖聽信傳說
絕不用手指筆畫月亮
耳朵保持完整，沒有傷痕
每個月總有一段時間

沒有人伸手
幫她掩蓋
拓印在褲或裙的
紅色跡痕
沒有人願意遮止她的洞口
禁止血液穴居

假使腹部疼痛
她也得為服務的承諾
盡一點點
綿薄
之力

《幼獅文藝》第698期2012年2月號

微恙

一隻小小的蟲，微恙，
牠游移我身體的每一處
暫時，棲止在鼻腔，好奇探頭
吸取這個世紀的空氣，而我
鼻塞了；牠堵住喉嚨，臨檢通過的
話語——想說出口與匿藏的——
我猛咳嗽。微恙，是一隻小小的蟲
喜歡吸取無所事事的腦汁
甚至，吞嚥僵硬的思考
我開始偏頭痛了

別來無恙？／沒有蟲害的這些日子，你過得好嗎？
鑽過詞語成形的時間，恙，這隻古典的小蟲
抵達這個盛行噴灑農藥的時代
有機了人類的簡單問候，我看見
一尾肥滋滋的燦綠色菜蟲，爬過電腦螢幕
拖吊電子郵件裡的小老鼠符號

維持身體微恙的病蟲害狀態
我不吞服化學藥劑，堅守純淨，一如大自然
額頭的溫度停留在水的沸點
血液奔成溪流，彷彿溫泉。我感冒了
有一隻恙，如此長壽而安靜的小蟲
潛伏我微細的血管
在我昏沉的時候，牠戲水之餘

躲進蒸騰的煙霧閉目養神，療癒身心
恙，牠也冒汗了，似乎體會了
我的身體，貿然被充當旅店寄宿
那分相似的折騰

微恙，這隻小蟲擦拭沁汗的毛細孔
連我的過去一併放進行李，默默帶走。
感冒痊癒後的日子，我
一切安然，無恙

・2013・12・03《自由時報副刊》
・《2013台灣詩選》二魚文化出版社

牲物

身軀和林木背對背
樹幹終於向他的成年禮磕頭

他相信自己是銳利的杵
需要石塊砥礪需要升煙

他奔越月全食的環戒
渾身著火

夢裡的耳朵收割一道傷疤
浸染了果粒迸開的紫漿色

像生食煎熬到熟食的過程
他沒有醒來。在尚未甦醒的

黑暗中，他翻轉過山和迷途
市集和語言，到達漂浮身體的海洋

淚水把海水淹成鹽的味道，原來
哭聲是共通的世界語，不用翻譯

這裡的人們面牆，責任制哭泣的悲傷
吵醒他撐開沉重的眼皮

他感到世紀的罪啊，繁重
如他背負的十字木頭

他的手腳被牢牢鐐銬
身體垂掛在壁上

彷彿蜷曲在那遙遠，已無
路徑和時間可返回的洞穴

一支柴火嘩然被擦劃，蠟芯
燃亮了久違的橘色光芒

《野薑花詩集季刊》第 12 期 2015 年 3 月

光陰，耽溺在流動的血泊

滴答
滴答
滴
答
滴
答
滴漏自喉頭
流沙那般的渴
斷續敲著鋁製的水桶邊緣
彷彿木魚游成一片
打薄的金屬

我舀起溫水
在自鳴鐘拖長腳步
散步的午後
一瓢一瓢地澆灌
春天逐漸蓄長的髮絲

頸部沾染歡悅的泡沫
我緊閉著眼
用指腹搓揉你跨出門檻的腳印
以為你該會逆著時間
再走入家門

駝背彎腰
等待已蹲得夠久了

我改變了姿勢，側著頭頸
一瓢一瓢地舀水
耐心地沖去洗髮粉
和窗外的光影打水仗
激起的泡泡

水封鎖在耳膜的門外
除了流動的回音
我沒聽見不遠處的河畔
槍聲作響
子彈正將你的腦門
當作歷史的靶心
啵
一聲

水從耳膜的門外迅速撤退
「這就是那龐大的巨響嗎？」

在那年二月二十八日的那一天
我溺在一整個下午
冒血的光陰
把長髮洗成紅色的河流
河裡有黑色的水草
有你莫名僵硬
被禁令擺動的身體

每年的那一天
我用指腹在頭皮
搓揉你最後

跨出門檻的腳印
越搓越緩慢，越揉越細膩
不讓它凝乾
黏貼傷口的記憶
滴答
滴 答
滴
滴
答
答
……
三十年了
滴漏自喉頭那思念的渴
還是無法鎖緊

而自鳴鐘老得好快
不能再拖長腳步
陪我到河畔
讓你探視
我未曾褪去
那紅色的長髮了

・寫於 2002 · 12 月
・《台灣日報副刊》「台灣日日詩」2003.02.28

紀念

——記1999年「九二一大地震」週年

礫石躺了下來
恐懼應聲倒塌
搜救隊穿過臥房，用擔架抬走靜止的睡眠
記者採訪政客 那瞬息星殞的承諾
家園破碎，拼湊成圍觀人牆的馬賽克背景
哀悼之後，公祭之後
雲梯自稀薄的空氣緩緩降下之後
我們成為秋天，惟一
荒涼的紀念品

牆面的漆色剝落
日曆背部的角質層如此粗糙
抵靠，支撐過多沉重的記憶
風輕輕地擊打紙頁，提醒
隔夜就不再保鮮的日期
眷戀被迫撕去，一張又一張
丟棄我們早已腐臭
且唯恐再度漫延的哭喪
以防如同今年夏天
那來回地滯留在小島的銳利鋒面
挾帶淚水，推下土石
反撲著，怒吼著的重重索討
時間的支力點不太平衡

我們始終走不到十一月的南方
那裡風湧著美麗島鬥士
英雄式跨步踏入牢獄的壯舉
我們真的好累，等不到雪飄的二月冬季
那裡紛圍冷峻，血染了查緝私菸的暴力
一位婦人的名字擠上了歷史列車
擠上了往後　任何和平紀念日的追悼會上
人權碑文的墨水源頭
還要撐過三月嗎？
如果我們只是一株樹苗
能否沾上開國者頭頂上的光圈
被植入多養分的土壤，在銅像邊緣挺直地站哨
而四月祭祖的時候
我們無言，還能打算祈求什麼……

孤立蛀蝕孤立
傷口畢竟已經潰爛了兩年
身體再反覆翻過幾天的睡與醒之間，日子尚未褥瘡
卻又要與熟悉的秋天熟悉的荒涼打照面了
然而今夜，我們多災難的小島
再次被鋒面狠狠割裂
島嶼腰圍的警戒線將被滅頂
八級風或者捉狂地撲來，擄掠一陣
救災的最新哆嗦。
當洪水退去，當雲散天晴
當小島紀念著小島的死傷
當傷口與傷口同樣重疊在一張日曆紙上
經驗保守估計，那場無雨無風
曾經驚動了地與天的慘叫

深深地，埋葬在兩年前遙遠的夜裡
難再被震央以外的輕微擦傷
治療，診斷，追蹤無止盡的病歷
地震光短暫地輻射當時 鋼筋的每一處骨折
挖土機前進一雙盜墓者
掘取永恆的手
用力撕扯了存證的X光底片

災變肆虐過後
旗幟將如溫度計，在期限的氣溫裡
選擇性地或降或升
半旗懸空，政客慣常戴上悲傷的假面
於是，今天之前的過去
依稀低溫，寒冷
恰如其分象徵著紀念

・寫於2001・09・18
・《台灣日報副刊》「台灣日日詩」2001・12・16

阿姜

——致歷經九二一
大地震與各式天災
的台灣現代孟姜女

阿姜，妳低聲啜泣
肩膀抽搐，天地開始顫抖
我的身體在頹傾的大樓底下
陷得更深了，阿姜

陽台的雕花欄杆壓住我的小腿
清晨，吻別露水的盆栽土壤
彷彿沙漏流進我的耳蝸

時間自此在黑暗的迷宮，安靜地晃盪
妳迴腸的哭聲和唯一的出路
纏成死結，阿姜
我的呼息漸漸微弱
擠在鼻頭的知風草不再搔動

阿姜，每天，我從妳一片汪洋的淚海
游出臥室，游過客廳，游到陽台
以幫浦汲取淚水，澆灌花草
被單都漂到廚房浸入油漬了
妳還在潮濕的夢裡賴床
阿姜，過勞的除濕機始終
無法扭乾我們的生活和傢俱
白牆開出黑色黴花

鐘面在秋天呵著霧氣，阿姜
我隱約看見歪斜，跛腳的指針
從昨天到大後天都指向凌晨
一點四十七分，地基轟然地鬆垮

即使這是哭泣和活埋的輪迴
阿姜，我在地底無能為力地渴求
一支槳，把妳的眼睛擺向乾季
從我耳朵冒出的綠芽，如果穿透鋼筋長成魔樹
阿姜，摘下樹上的果實抵著顎
封鎖哭泣的顫音

．《台灣詩學季刊》〈吹鼓吹論壇二號〉「領土浮出」2006年3月

如果屈原在八掌溪
——記 2003 年「八掌溪事件」

同樣是南方吹拂的風
把稀疏的髮鬚揉綴
鬆軟的泥土和著腐葉
鷺鷥低身撩撥淺淺的水印
雲影在黃昏擦拭湖面的銅鏡
芒草野薑苦楝曼陀羅……
我洗過記憶，重新背誦植物的新名
猶如低喚新婦的乳名
在它們的色澤凋落於節氣更新之前
凋落於騷體演化成賦文之前

而騷體演化成賦文的當時
背著手，我立在乾涸的河床
臨摹大地成詩
雨時常沒來由地斜斜打濕我的頸
淚腺跟著雨勢漲潮
高過窄隘的額際線，以及我臨危的思維
四個喚著救命的模糊人形，和我
在溪水裡被渾沌的天地滅頂了
那時彷彿是洪荒時代
洞穴裡舞影著霧與雷光
稀薄的大氣流淌著淡藍色，微酸的羊水
我急急地張口呼吸

山高水急的小島，沒有大腹

懷孕大澤　遼闊的雲夢
巫祝恐怕也喪失預言的靈煙了
如果能尋回出世的岸邊
如果能在八掌溪裡含著渾濁的泥塊發聲
騷體將演化成臨終的埋怨——
嘎嘎作響兮
背覆螺旋槳之御用竹蜻蜓兮
偉大之君王兮
我甩動一頭墨黑的水草左顧右盼啊
是不遠處的大石塊掩去您
趕路前來的形影？

·《台灣日報副刊》「台灣日日詩」2003·06·14

為你寫下未竟的遺書

——致義務役士官洪仲丘

不曉得能再為你多說什麼話了
忽然想起我們的故鄉在鄰鎮
隔著大甲溪流過的橋
從童年到成年也許我們
搭過同一班客運

小鎮以外的居民不知道
真相確實只有一個——
票價依然逐年上漲
為了因應不景氣的經濟環境
上車時，投下一大把硬幣

聽它們匡噹匡噹
優雅地說髒話。

只有你明白生命是廉價的
隨時歸零
青春還沒正式啟動
靈車已經載你往前出發

・2014年《笠詩刊》218期2月號

為高雄81氣爆事件而寫．詩三首

看不見城市

看不見，看不見城市的願景，曾經
畫好一張碎裂而血腥的拼圖
嘩然撕開街道巷弄的拉鍊
守法生活的市民，一生的記憶
不及回顧就被火光撕成願景
其中一小片拼圖
看不見城市的市政規畫，早早藏著一幅
深埋錯綜工業管線的拼圖

光和火攜手的剎那
市民黏貼冷汗，吶喊，血水濺出
最後道別的驚叫聲　從救命喚成再見
（還有更多話想傳達？如果我們冷靜深思
拼圖，必備專注而靜默的語法）

看不見城市土石裡，躺著皺皺的肉身
辨識不清卻恐懼過度　難以言語的臉龐
看不見城市了，看不見
與戰區無異的市景
攜家帶眷的離散畫面

看不見城市空無一人的牙科診所
門外站著歪斜，露齒而笑的人形立牌

它沒有灼傷，它再也看不見時常鬧牙疼的老病患
而這座城市看得見，看得見那張
笑顏，散發倖存的希望
如一張街頭傳單　飄往灰黑的天空

・2014・08・06《自由時報副刊》

八月，酷寒

橘子，寒性屬性的水果
中醫師專注分析脈象
提醒我少吃橘子吧；
味蕾自動彈出那酸溜溜的氣味
十幾年了，橘子紅透的立冬節氣
不曾到過桌曆踏青

堵住耳朵通道的那對海綿耳塞，如常
夜晚守住夢話，阻擋重複聽見白天的髒話
情緒性穢語，路旁情侶輕咳吐痰後
說出的我愛你

耳塞是橘子色的，我想起橘子

確實與我的生命格格不入
而橘子色耳塞，不知覺將立冬
植入睡眠的耳朵
潑染出橘子生長的環境。儘管，

我的夢境富含橘子的維他命C
我的耳朵卻因此冰寒，在這盛夏八月酷暑
當島嶼南方的高雄，傳來氣爆傷亡
比犀利的薄薄紙片，更銳利的尖叫
當橘子色耳塞，頓時喪失了
阻塞遍野哀號的功能。我默默承認
我的體質和橘子，的確同屬
寒性

・寫於2014・08・06

・2014・08・08《聯合報副刊》

極短篇

如果今晚遇雨
丙烯路過
夢境豈不被轟炸光了

情節
結構
人物
該怎麼辦呢

她自以為每天深夜
要趕在天亮之前
向時間，交出極短篇

這幾天她攜帶著夢
來到綠洲稀少的沙漠
在檢哨站扣留任何悲傷的元素
叮嚀每一隻駱駝卸下貨物
一滴汗一滴淚
都不許掉落

．寫於2014．08．07
．《笠詩刊》第304期2014年12月號

安眠

——致六四天安門事件死難者

睡著了嗎？在夢中
你數過多少次
在廣場衝撞的星星呵？

垂下的眼皮
像被雨後的烏雲捲過
硬撐著，還不累？

二十三年了

每天一顆安眠藥的劑量
夠不夠你不再回頭，細細
看清楚那些子彈的模樣？

．寫於 2012．06．04

黑洞

——記中國維權盲人
律師陳光誠逃亡

躲在墨鏡後面的黑暗
時時閃爍一大張希望的星圖
安靜地布置銀河
你以為摸黑擺渡，就能筆直
前往更亮的天光

究竟走不出永夜了
美國駐北京大使館
山寨燈管的光線，一滅一明

希拉蕊深色的蕾絲裙擺
難以辨識，難以讓你尾隨登機

「一顆太陽大小的恆星
被黑洞吞噬」
那些美國人離開醫院時
攤開報紙，朝你逃亡時留下的大小傷口
朗讀了這則新聞
像孩子一樣，拍手叫好
留下消毒藥水嗆鼻的氣味

・2012・05・16《自由時報副刊》

過境

——聽支持香港佔中

流行歌曲〈撐起雨傘〉

我只是一個過境的旅客
時常在窗明几淨的香港機場
用一本書取代兩個小時
轉機的空暇

我不愛逛街
眼睛的視線更少在免稅商店游移
然而我卻後悔，沒有
沒有買傘

香江的雨季也過境了
免稅商店禮品區，曾經擺售任何
即將斷裂的傘骨嗎？
我靜坐不動翻閱書籍
一頁頁累積的情節
描繪出你們在街頭開傘
聲帶被撕裂的時間
以及一把傘花枯萎的下落

機翼斜斜擦出白雲
流亡的跑道
世界正在打聽真相的收容所
將在哪裡落籍

撐起傘的那座島
雲朵皺眉
天空哭過
雨知道……

《笠詩刊》第307期2015年6月號

淚的考古

西元 2301 年 5 月 11 日星期六
天色還是像炭一樣黑
一顆顆星星從空中爆裂
戰事未曾休止
我捧著三百年前的古董蠟燭
在邊境的家中收看
重播的戰區實況

外祖母曾經隔著媽媽的肚皮
偷偷告訴我
如果麻木了，就讓這支蠟燭靠近火
它會教我什麼是淚與難過

．2008．08．13《國語日報》

浪人如狗

眼淚加日子
太酸
一片檸檬
就好
等等
我的鼻子
還在吃
一種氣味呢
像夏日的微風
翻過辭海
捲起浪
吐出蘋果酒

・註：這首詩為「活版自由詩」示範徵文創作作品，「活版詩」是詩人夏夏的創意發想，邀請詩人們在活版字上，選字創作。

・2007・10・09《聯合報副刊》

・2008年《二五一十詩選集》黑眼睛文化出版

貧窮海

他們不知道節制使用美麗的詞彙
他們不知道詩的產量面臨浩劫
他們不知道辭海幾近乾涸
為了響應寫作環保
我們率先褪下多餘的衣飾
躍入拖缽僧手中，空空的缽
如躍入廣褒的貧窮海
捐光口袋中，陳年蒐藏的字詞

・2007・08・03《國語日報》

夢的喪禮

走路的神木嚮往海葬
它深信海洋是地球
最巨大的一滴眼淚
無止境用潮聲哭泣
為它的死亡感到哀傷

它在永夜短暫的眠夢
短暫活過
無法在黑暗的空間行光合作用
腰圍年輪的尺寸卻不斷擴張
超越被單植夢的面積

我醒來，它死了
我遺忘夢境，它死了
在它走路接近沙灘時
我被鬧鐘吵醒
它瞬間死去，海葬的心願
化成泡沫

各種致死方式
永遠神祕地匿藏它的屍首
腐臭味歸屬鼻子的職責
緊閉的雙眼看不見
味道的身形與髮色
我只好寫詩哀悼它

曾經不存在的存在
在無人出席的喪禮上

每一天夢醒
我習慣忙碌，如此張羅
夢的死亡。

《野薑花詩集季刊》第十三期 2015 年 6 月

輯六

……耳朵都醉了

躲雨

忽然安靜了
剩下叮咚雨聲
你往肚裡吞下一個
欲吐出的詞語

肺葉吹出一口氣
從你的肚臍撐開
綠色大傘
我躲到傘下
光著腳丫踩著溫暖的泥濘

·2009·03·08《歪仔歪詩刊》賣田出版社

即興曲

回收一疊記憶
不可燃燒，塑膠類金屬音質

螞蟻挖洞在舌尖
咖啡安全滑過　高八度糖分測驗

紗窗外，貓步數著拍子覬覦
白毛滑鼠趴在書桌，夜色顫慄

書架空等我的逾期未歸
知識交叉，躍過　理論與規矩

退稿信件摺入頑童的口哨
一架紙飛機　爬升，稍稍凌空於是降落

立可白搖晃用盡
文字的粉刺改用左手持筆，緩慢壓擠

尼采嗑食頭痛藥安眠了嗎
上帝不再憐憫，當悲劇轟然誕生

包法利夫人寫實福樓拜出軌的分身
我的愛情允許續集，翻頁快速

褐髮奔跑從髮夾疏漏
陽光溫柔爬梳，反覆　反覆

星砂閃耀一瓶罐透明的綠島
銀河洗浴兩小節夏日笑聲

引力拉扯時間，偏離　行事曆的軌跡
生活在黑白鍵上彈奏即興

星期五早起，避免　黑色裝飾
晨霧降下祕密，遵守恬靜／Tranquillo

義大利文，你翻查不到
我樂譜上的術語。不慣用於口頭問候

・《乾坤詩刊》2001 年第 20 期冬季號

・《生活的證據　國民新詩讀本》麥田出版社

籍貫

——聽蒙古女歌手烏仁娜演唱

演唱中途，我夢遊般走向前
索討歌聲的籍貫
妳鬆開舌頭
如鬆開繩索般的蒙古文字
生澀地唸出——
內蒙古
天幕縣
寧靜鄉
香草鄰

螢火里
風瀑大道
駱駝峰
羊蹄巷
飛砂樓
第一百三十三個睡鼠洞

・2006・07・13
・2006・10・06《聯合報副刊》

耳朵都醉了

——法國女聲

Catherine Delasalle

〈Saisons〉

像漱口水眷戀昨夜的夢話
逗留在嘴裡打轉，不肯離去

雙頰漸漸鼓漲起來
被描述的夢境在齒縫之間流淌

窗簾唰地敞開了，房間的早晨阻擋
陽光在牆面留下喚醒世界的光影

被遺漏的情節慢吞吞晃到舌苔上，它們的腳步
太輕了，路過的微風只聽見夢話呼嚕呼嚕呼嚕
……塞納河，巴黎鐵塔，情侶熱吻的黑白明信片
自然捲的法文，這首歌詞的原意甚至透露的季節祕密
都不是我打算裝熟搭話的路人與風景，這些無解
以及與我無關的難題，交給字典鬧頭疼吧

請勿告訴我最終詳情。漱口水在嘴裡
與夢話交談了起來，似乎沒有清醒的意願

話題繞到了街燈下　露天酒吧打烊的時間嗎？
為什麼聽著聽著，我的耳朵都醉了

・《台灣詩學季刊》〈吹鼓吹論壇17號〉「聲音舞者」2013年9月

伯爵徹夜未眠

——巴哈〈郭德堡變奏曲〉

郭德堡，他，真的不是一座城堡
莫斯科洋蔥般的屋頂
一片一片
和冬雪，從空中剝落
郭德堡在宮廷練琴時
忘了關上窗戶
他的眼睛，被洋蔥氣味
醺得無法張開

郭德堡，開始帶著
撐不開的雙眼夢遊

他，不知道自己如何
跟著伯爵來到普魯士王國
一路上，他只聽見馬啼聲
只聽見伯爵
命令馬伕加快速度趕路
沙啞的咳嗽聲……

這些都是夢境的片段嗎？
郭德堡找不到答案
繼續在夢中
為伯爵重複彈奏催眠樂曲
郭德堡沉睡，郭德堡的雙手
卻在大鍵琴上清醒

伯爵在許多個
不能成眠的夜晚
下令郭德堡在每一根手指頭
綁上洋蔥切片彈琴

而每一顆洋蔥都是進口的
它們的產地，來自
伯爵的故鄉——
距離遙遠如夢的
俄羅斯

·《乾坤詩刊》2012年第61期春季號

ㄨ

嗚，我想告訴你一個祕密……
霧相擁了
它們擠開我
巫朝我的嘴巴畫了大叉叉
我呆在橋的這端
因為ㄨ的緣故
唔，什麼都不能對你說

祕密抵達之前
捂住你的耳朵了嗎
我是說那堆胖胖的霧唷

·2006·01·24《國語日報》

占領

——憶大稻埕煙火節

城市的夜空，今晚無條款
割讓給了夏天的銀河系

星系移動的節奏
宛若，逐漸靠近你耳邊
那一曲唇紅色華爾滋

紛紛墜下的星星，已調成銀黃色
在我們的手心偷偷畫押

·2016·01·24《自由時報副刊》

聲韻

她餓了，她走向攀滿紋路的河床
她索遍沙子的吻，直到舌端盡頭
味蕾縈繞筆畫的體味

路旁刮去鱗片的魚腥草
收攏惡臭和根莖，埋進她的子宮
羊水漲潮，召喚
魚鰭款款律動，時間藏在魚鰓
浸染銹紅色

她只管專注地哼出
盛滿月光的歌

倉頡畫下一個新字，她的腹部陣痛一次
圍觀的人議論：
造孽啊，那首歌還得唱
幾個時辰？
陽光快爬不上黴物的背脊了。

陸續出世的孩子啊；都是倉頡造的字
孩子們叫著自己的單名，倉頡躺下淚
他聽見如此美好的聲調
從她沁汗時
越過牙顫
開始發音

．《野薑花詩集季刊》第12期2015年3月

附錄

穿越雪山和世界的耳朵

——西藏流亡學校 TCV

陳思嫻

一則又一則西藏人的故事，從流亡的路途穿越我的耳朵，讓淚腺和達蘭薩拉（Dharamsala，此地包含兩區：上達蘭薩拉、下達蘭薩拉）的氣候，逼近印度的雨季。沿著上達蘭薩拉（Upper Dharamsala）泥濘的山路，計程車的輪胎不時輾過擋路的石塊，搖晃的車窗將林相完好的樹林裁成墨綠，墨綠將夕照暈成暗紅，當車子停在俗稱「西藏流亡學校」的 TCV（西藏兒童村，Tibetan Children's

Villages）前，打開車門，所有的山色都靜止在深褐色的大湖面。

此刻是放學時間，一位西藏長者在校門口接走甩著辮子的女孩，他們面帶微笑，邊走邊咕噥著我聽不懂的藏語，也許是：「今天上了什麼課？」「肚子餓了嗎？」……我僅知道，一半以上的學生，幾乎以 TCV 為家，因為，他們的家位於遙遠的西藏。

來回踩著微溼的階梯走往 TCV 的每個角落，我看到這些住在 TCV 的學生嘻鬧地在球場上搶球；約莫十五歲的男孩抱著一隻大狗坐在石頭上，表情單調地望著操場的人群發呆，我相當訝異這張西藏孩童早熟的神情，似乎過早在臉上鑿刻憂鬱的稜角。

鬧哄哄的幼稚園教室擺滿布偶，小朋友們專心地扮家家酒，「媽咪，媽咪……」叫喚媽媽的聲音此起彼落，應答的僅是三位女老師。這些三到五歲的小朋友都把老師們視為父母，也許等到十幾歲、在 TCV 就讀中學的年紀，他們才會明白，自己是被遠在西藏的父母，偷偷送來印度的 TCV，學習西藏的傳統文化。

兩個小女生搖搖擺擺跟著我，從教室晃到外面的平台，身穿傳統藏式服裝的她們，舉手向我炫耀叮噹作響的印度手環，後來，為了獨享大人的關愛，她們展開一場拔河比賽，發出蠻橫的聲音拉扯我右手的五根指頭；我試圖扳開用藏語吵架、年幼有力的她們，並舉起左手引起她們的注意，希望其中一位小女孩能改拉我的左手，結束這場紛爭。

「啪！」一隻小手摔在另一個小臉頰上，打人的小女孩正式向圍觀的同伴們宣告——她奪得我右手的所有權。而被打痛的小女孩摀著臉頰放聲大哭，達蘭薩拉的雨季於是提早來臨，天色瞬間像一杯打翻的黑咖啡，開始滴落細雨，我蹲下來用左手摟她，眼睛蓄含溼氣，別過頭，卻看見曾在TCV長大的西藏朋友們，當年的身影，遠遠地向我走來……。

洛桑策令

大家都暱稱他「小洛」，無論到哪裡，即使同伴當中也有不少洛桑，他永遠是所有的洛桑之中，年紀最小的。

小洛的父親是軍人，1959 年在戰火中對抗中共，而後流亡尼泊爾，父親在小洛還是「小小洛」時，因病過世，小洛對父親的印象相當模糊，只聽聞父親臨終前，交代母親送他和哥哥到 TCV 學習。從幼稚園到高中，小洛曾先後就讀兩所 TCV。

愛畫畫的小洛一拿起色筆，就能贏得許多翹課的時光；每年到了達賴喇嘛生日以及各種西藏節慶（losar、抗暴紀念日、佛教節日……等）前夕，小洛總被挑選為畫海報、寫藏文藝術字、佈置教室的代表，利用其他同學上課的時間，小洛沉浸在泥彩翻滾。

春天的周末假日，小洛和同伴跟蹤蝴蝶那黏膩的觸鬚，尋到了蘋果香氣以及學校附近的果園，趁著印度果農沒留意，躡手躡腳撿拾熟透了、掉落泥地的蘋果，順便到溪邊打水仗，慶祝豐收的假期。等到果農氣急敗壞地追出來，頭頂鋪滿粉白的蘋果花屑，開口罵人，小洛已準時在學校收假時間，五點整，端坐在宿舍，拿起炭筆，素描這幾顆漸漸溶入胃液的甜蘋果。

操場又攏起一座高山，那裡堆滿了從世界各地郵寄捐贈的二手衣，上面蓋著一大張布，全校同學依照老師的口令，排隊走近那座「環球愛心衣山」，每人挑選一件衣服。小洛伸手往帆布裡面瞎摸，拉出來的卻是短裙，同學們笑彎了腰，不斷慫恿小洛試穿，他沒好氣地站到一旁，盤算著今晚，要讓那些取笑他的男孩們在圖畫紙上穿短裙，……直到一個女生從「衣山」挑到男生的長褲，小洛害羞地走向前，低頭遞出短裙和她交換長褲。

宿舍媽媽叉腰大聲叫嚷，這些半大不小的男生，不情願地將視線從黑白電視畫面裡的印度歌舞片移開，慵懶地扛起厚重的棉被，披掛在外頭的曬衣繩上，讓秋天的陽光微微地來回熨燙。

小洛半瞇著眼，忽然想起，再過一個月就飄雪了，雪啊，白雪啊，那是他最喜歡的顏色，只有白色，才能在想像中塗出父親的故鄉——青海安多地區——的冬季。小洛回到床邊，摸摸藏在枕頭深處，厚實的五十元印度盧比，幸好沒弄丟，他喘了一口氣，這是上次代表學校參加畫畫比賽，和其他 TCV 的學生競爭，拿到的第一名獎金啊，他打算存起來，將來買更多的白色顏料，撒成安多的雪地。

小洛目前在台灣就讀藝術研究所，時常躲在宿舍地下室創作，許多次中共又在西藏任意「撒野」的日子，小洛只好跑到電視機前充當同學們的翻譯機，他啞著喉嚨喘氣，「我今天真的沒時間喝水，看新聞的同學一直問我，西藏到底怎麼了；我已經解釋一整天了，告訴他們中共從前到現在，如何欺負我們西藏人！」他誇張地癱在椅子上，似乎再多講一個字將會暈倒似的，熟識的友人固然關心西藏問題，但看見他的模樣，都被逗笑了。

小洛驚覺白色似乎逐年從他的油畫作品剝落了；不知是台灣的冬季習慣性缺乏雪景，或是父親的故鄉離他更遠了。

哎呀小姐與諾布

媽媽在屋裡忙進忙出，備妥簡單的行李，牽著小哎呀走到門口，爸爸叼菸盯著小哎呀沉默許久，哥哥和姐姐還在午睡呢，兩輛中型卡車噗噗揚起塵土，嘎然停在屋後的空地。等塵埃落定，尼泊爾司機從車窗探身，媽媽墊起腳尖塞了一疊鈔票給他們，司機從嘴巴吐出鬼理鬼氣的音，小哎呀拉著媽媽藏袍的後襬，忍不住瞄了膚色黝黑的他們，「哎呀，媽媽，他們是瑪哈嘎拉（藏傳佛教護法之一）嗎？哎呀。」，媽媽用凌厲的眼神示意小哎呀：立刻給我解散那串拖在哎呀後面響個不停，冗長的發問隊伍！

貨車和太陽像在草原上同時被擊打的英式板球，迅速滾離拉薩的白天，小哎呀貼著媽媽，和二十位藏人擠在貨車後，狂風時而掀開遮蓋的帆布，小哎呀冷得把手伸進媽媽的口袋。

應該是第三天夜晚了，貨車停在深夜的山中，媽媽和司機商量了一會，轉頭叮嚀小哎呀：「現在，妳去坐那輛載行李和貨物的車，假裝是一件安靜的行李，不管發生什麼事，噓，都不要出聲，不然拿槍的中國叔叔會挑走行李。」雖是沁涼的秋天，小哎呀蹲在貨堆裡，仍一陣暈悶，她幾乎想哎呀地呼喚坐在另一輛車上的媽媽，她無聊地胡亂碰觸四周比她還高的行李，碰到一只生鏽的鎖頭，「哎呀，那麼，我的嘴巴也該有個大鎖，如果拿槍的中國叔叔要我講中文……」半夢半醒間，一把鑰匙靠近小哎呀的唇邊，「哎呀，會伸進牙縫嗎？哎呀，如果司機是行李，我要先鎖他的眼睛，這樣他就看不到我了。」這幾天，小哎呀直想擺脫司機的視線，好趁機告訴媽媽，自己快摔進尼泊爾司機那雙那木措湖（西藏著名鹹水湖之一）那般的大眼睛了。鎖嘴巴的鑰匙終究咚一聲，掉進夢中的那木措湖，小哎呀的哭聲攪亂了湖水，細微的波痕來回彈拍她的膝蓋，她伸手撈向湖底……

諾布往小唉呀的手心遞出一顆印度糖果，小唉呀坐在TCV教室上課，抽噎半個月了：「哎呀，媽媽忘了她的行李，哎呀，她忘忘了帶我回拉拉拉薩……」，靦腆的諾布又遞出第二顆糖果，緩緩地說：「小哎呀，上次媽媽帶我、妹妹、哥哥，一起從尼泊爾邊界附近的家，走來學校，她說要等我們這三件行李哭乾了，才要帶我們回家，不然太溼太重了。不要哭了，我們去外面晒太陽，妳媽媽很快就會來帶走行李。」小哎呀細長的單眼皮腫脹得像被闖入教室的蜜蜂吻過，她哽咽地問：「哎呀，真真的嗎……嗎……？」，諾布猛點頭，小哎呀用手背抹去淚水：「唉呀，好，以後我們就是兄弟。」諾布抓頭傻笑，露出一塊黑壓壓的蛀牙，彷彿他剛遞給小哎呀的那塊巧克力糖。

小唉呀從此只蓄短髮、穿長褲、搬重物，因為這是兄弟們的特徵；舉凡「非我族類」所為的事物，切洗蔬菜、煮飯、穿裙子、縫紉……，小哎呀都遠遠地躲開。每天早上在操場集合，唱國歌、目送雪山獅子旗（西藏國旗）飄上天空，解散之後，班上的男生紛紛走向小哎呀，「預備，起！」看誰最先跑到經堂，又是小哎呀跑第一，兄弟們憾恨抱拳，個個都沒心情翻開經本，「桑傑卻堂措及秋南拉……」等全校師生雙手合十，耳邊響起祈請文的誦音，兄弟們才七零八落地跟上唱誦節奏，向坐在前方台上、雪域的神佛悄悄許願：「明天一定要跑贏小哎呀。」吊在天花板上的扇葉，煽動搖曳的燭火，酥油香不禁溢出銅製的燈杯，釋迦摩尼佛泛出淡淡的金光，烏金抬頭得意地笑：「嘿嘿，這一定是贏過小哎呀的好預兆。」貝瑪老師狠狠用手指關節敲烏金的平頭：「你唸到那一國去了？專心一點！」

高三畢業那年，哎呀小姐的兄弟們，參加申請大學的考試，與全印度的學生共同競爭；諾布考上了南印度的大學。哎呀小姐沒參加考試，因為她接到爸媽打來的電話，叮囑她去台灣就讀大學，哎呀小姐於是回到位於尼泊爾的叔叔家，第三年，她來到台灣。

應台灣語文老師的要求，哎呀小姐使用剛學會的簡單中文，寫下一首描寫 TCV 生活的短詩：「我的手小小的／洗髒髒的大衣服／天氣好冷／手好冰啊／衣服曬成硬硬的冰棒」，哎呀小姐發音彆扭地念完它，語文老師的眼眶，近似唇紅的顏色。

哎呀小姐燙了膨膨的捲髮，穿上長裙，蹬著高跟鞋，從台灣飛回 TCV 探望諾布和老師們。「小哎呀，妳不一樣了耶。」套上深藍色襯衫的諾布，大學畢業後回到 TCV 擔任行政人員，正在處理一宗澳洲人認養 TCV 兒童的案件。哎呀小姐和諾布散步到熟悉的合作社買飲料，聊起近況，諾布降低原本高揚的語調：「聽說拉薩那邊訂了新規定，要父母們帶回在 TCV 求學的孩子，不然將受到嚴重處罰……。」哎呀小姐煩躁地回應：「哎呀，什麼都要處罰，上次 310 拉薩抗暴，我打了一整個星期的電話回家，都沒人接聽，急死我了，哎呀，後來我爸打電話給我，報了平安，聲音就切斷了，哎呀，處罰處罰，五十年來被處罰的西藏人還不夠多嗎，哎呀。」

在某國際西藏組織為西藏人爭取自由的堂姐，與哎呀小姐約在德里碰頭，哎呀小姐隨後拖著行李箱，搭計程車到位於德里的機場，免不了又要跟印度司機討價還價一番。

距離登機時間還有四十分鐘，哎呀小姐到櫃檯確認回台灣的機位後，望著來來往往的外國人發呆。她想起前年，發生在西藏邊境、轟動全球的「囊帕拉事件」，後來那些餘生的西藏人逃到印度，在德里召開的一場記者會上，哎呀小姐與堂姐，一字一句地將他們的逃亡真相，從藏語翻譯成英語，媒光燈閃個不停，哎呀小姐在國際媒體前，竟分心翻譯出她自己無意識說出的話：「原來，他們始終在西藏人的嘴巴，掛上了大鎖。」隔天，某歐洲國家報紙頭版，刊登了如此醒目的標題：「該換舊鎖了：西藏囊帕拉事件」。

蔣央洛桑

趁著爺爺難得回四川康區老家，洛桑守著爺爺位於拉薩的房子，決定捲起那張價值不斐的藏式地毯，交給家裡經營地毯買賣的札西；兩個小傢伙串通向札西的父親瞞過地毯的來處，成功賣得好價錢。洛桑和札西互摟彼此的背膀，約定下星期一深夜，與其他夥伴們，從南方的山口出發，徒步到印度。

那晚，客廳裡幾幅唐卡上的神祇，望著洛桑在原地不安地徘徊了數小時，他低低喃唸六字大明咒：「嗡嘛呢唄美吽……」。寒風溜進門窗縫隙，朝著千手千眼觀音唐卡的布幔吹氣，「嗡嘛呢……？」洛桑分神環顧四週，凝視身為藏傳佛教格魯派轉世仁波切的爺爺、平時使用的法器：金剛杵、鈴、搖鼓……，最後，他將爺爺教導他的高深佛法義理、還有康區老家父母親和弟弟妹妹的身影，像收拾衣物那般摺疊好，存放在腦海深處，轉身離開了。

1989 年十一月，洛桑和十五個同伴從邊境進入尼泊爾，接著抵達印度達蘭薩拉的 TCV，學習兩個月的英文之後，十三歲的洛桑直接就讀小學五年級。語文、數理能力極強的洛桑，興趣很廣泛，在 TCV 相當活躍的他，一直擔任各年級的學生代表，洛桑小小的腦袋甚至興起垃圾分類的觀念，並帶動全校參與，他將垃圾回收換來的錢，為自己的 Home 買了一台彩色電視機；Home 的兄弟們作勢掄緊拳頭，輕輕捶打洛桑的肩，「真是好樣的！」大家圍在新電視旁，咯咯笑說，隔壁 Home 的兄弟如果想目睹彩色畫面節目，一定要向他們酌收一元盧比。

TCV的「Home」，是一種宿舍家庭制度，以八十個學生為單位，住在一個「Home」／宿舍，由幾位宿舍媽媽共同管理八十位孩子／學生的生活起居，如同一個大家庭。TCV的伙食相當簡單，由每個Home各自料理，早餐吃麵包和西藏酥油茶、午餐吃飯和印度的家常蔬菜、晚餐也重複同樣的菜色，一星期至少有兩三天能看到肉片躺在盤子裡，餐後偶爾供應水果。家境不錯的洛桑，開始厭倦這樣的餐飲，他心想如果回到西藏老家，或許能夠過著安逸的生活，不愁吃穿。

暑假到了，洛桑慵懶地躺在上舖床位，聽見Home某些兄弟收拾行囊回家的交談聲，他瞥著草草寫了一半的家書，害怕寄回西藏途中，萬一被拆開，會給家裡惹麻煩；他用鉛筆的一端頂著下巴斟酌，既不能在信中提到半年前踏過拉薩雪地上最後的月光，也不能提到當時邊防的中國士兵冷到把槍和身體裹在厚重如棉被的大衣，齒牙上下抖出不標準的藏語，向藏地的神呼救禦寒，伙伴們捧腹，無聲地狂笑：「膽小鬼」，一溜煙就衝過檢查哨了；多傑倒退走路，向那些蠕動鼻翼，一抽一抽地，忙著吸鼻水的士兵背影吐舌頭：「咧～」，拿望一把揪住多傑的衣領，急急催促：「快走啦！」

「阿公，爸，媽，我很好，在學校考試第一名，當宿舍組長，測旺和卓瑪有乖乖聽話嗎？」洛桑在郵票背面沾了一些水，貼上信封，寄出廉價的鄉愁。這封信，一年後，才皺巴巴地被郵差送進洛桑的老家，得知洛桑到外地孤獨地生活，家人一度氣得想遠赴印度帶回他，而洛桑之所以如此堅定離家學習，是因為 TCV 的教授課程，保留了日漸在西藏衰敗的傳統文化。

溽熱的午后，洛桑跌入攝氏零下的夢境：前方依舊是那條流亡的雪路，洛桑和伙伴們沒日沒夜地走著，深怕停下來休息，就會睡成一則結冰的夢。今巴驚呼一聲，踩了空跌落崖邊，樹枝恰巧勾住他的外套，天亮時，從今巴昨晚跌落之處望去，竟是深達數十丈的崖，大家都嚇傻了。南達的雙腿已僵成紫青色，大家輪流背他。第七天途中，遇到一群尼泊爾人持木棒強行勒索，大家掏出身上的人民幣和裹腹的糌粑，比手畫腳和尼泊爾人交換條件：「錢和食物給你們，拜託帶我們到尼泊爾邊界吧，拜託……。」南達急得幾乎要跪下，卻忘了雙腿早已失去知覺。

洛桑的夢，永遠是這樣，不多也不少，蒙太奇般地交疊那十天的經歷；洛桑將身體縮進薄薄的被單，肩頸沁出汗滴。「喂，熱死了，搞什麼？醒來啦。」南達丟開拐杖，身手矯捷地攀木梯，爬到上鋪，拉開被單：「洛桑蔣央，幹嘛連睡覺也要把自己揉成一糰糌粑，有那麼餓嗎？快起來研究路線圖啦，不是說好下個月要回西藏？」夢裡是第十天了，同伴們來到了尼泊爾的流亡藏人接待所，大家聚在醫護室緊握南達的手，使力地抿緊雙唇閉緊雙眼，每個人彷彿替代南達，承受了截肢雙腿的身心痛楚。

洛桑在 TCV 的生活費，由一對德國夫婦長期贊助。洛桑從南印度大學化學系畢業、申請來台攻讀醫

學系那段時間，乾爸乾媽買了機票，邀請他遠赴德國的家。洛桑每天踩著腳踏車，陪乾媽到市場買菜，在晚餐桌上，聽乾爸細數納粹屠殺猶太人的殘暴歷史，因此，感同身受的乾爸乾媽，當年毫不猶豫認養了 TCV 的孩子——洛桑蔣央。六個月以來，洛桑到廢棄的納粹集中營參觀時，倒抽了不少寒氣，乾爸乾媽總是說：「這裡曾有全世界最冷的夏天，西藏也是……。」

凝住流亡的時光

下達蘭薩拉（Lower Dharamsala）TCV 男孩們從丘陵茶園繞回學校，我拿起相機捕捉校園的景色，一位男孩雙手插在褲袋

裡悠閒地走過來，操一口流利的京片子：「您找人嘛？」，我驚訝地回答：「喔不，逛逛而已，你會說中文？」他笑笑：「是啊，上個月剛從拉薩來的。」男孩們用藏語希哩呼嚕地交談，那些青春燦爛的笑容，在鏡頭前，拉長了西藏人典型而特有的單眼線。

隔鄰，印度工人正在每一棵橡樹的腰圍，綁上三角錐狀的木漏斗，緩緩滴漏的半透明樹脂，彷彿凝固了時光，男孩們的臉龐，像是小洛，似是諾布，是南達，也是金巴……。

雨季中的陽光，靜靜地撥開北方，圍繞那幾座喜瑪拉雅山系雪山的雲霧，一塊一塊亮白的雪，如同洗淨的鏡面，聚攏了達蘭薩拉小城街上藏人的目光；站在通往達賴喇嘛官邸的上坡路旁，有人擱下手邊的買賣交易，有人忘了前往德里的巴士引擎已經開動了，有人和同行的朋友談天、上句已對不準下句：「等一下要買一瓶醬油……，因為昨晚猴子在屋頂上開 Party……。」他們照見鏡中的自己與西藏親人的面容，反覆讀出難以忘卻的往昔，盤旋天空的老鷹攤開翅翼，從鏡像叼出其中流亡的故事，穿越北印度雪山後面，再更後面的西藏雪山，如此往返，斂翅，穿過世界耳朵的隙罅。

．2008年《破周報》復刊523號

．TCV相關網址：www.tibchild.org

．顧及友人其家人在西藏的人身安全，本篇文章所提及的人名，皆使用化名。

．文中圖片皆由作者攝影或西藏友人提供。

一如我認識的她

申惠豐／靜宜大學台文系助理教授

如果要我用一句話形容陳思嫻，那會是：除去了詩，思嫻的生命將一無所有。

我與思嫻相識在靜宜大學中文系，初見面時，只覺得她是個瘦弱、害羞且沉默的女孩，那時，我與思嫻還有昀陽（思嫻的另一位摯友）辦了個讀書會，我們仨於每周二的晚間，選在學校附近的一間小茶館，讀一本我們認為有趣的書，我還記得我們讀的第一本書是《紙牌的祕密》，那時我們倆還不熟，我只覺得陳思嫻是個很難聊的人，而她則認為我像個混黑道幫別人討債的討厭鬼。

這不能怪她，那時思嫻已是個將文學視為自我天命的文藝女青年，而我只是個對文學一無所知，只因為不喜歡數學而從機械逃到文學找個喘息空間的半調子，我倆性格迴異，磁場不合，氣場相衝，只能互看不順眼。

二十年過去了，我們各自捲在自己生活的漩渦裡，曾經許多的堅持與理想，在現實的催逼中，不是捨棄就是變了質，我們各自成為了小時候最不喜歡的大人模樣，但思嫻不同，無論日子過得再怎麼困頓，她那由詩句所構成的靈魂，從來沒有褪色，她是我們之中最堅持的人，純粹的天真者，無論流浪到再遠的地方，她的心永遠向著那座詩的伊甸，從不曾迷路，從不曾卻步。

這本詩集，就是思嫻的伊甸園，飄飄蕩蕩二十年，她終於回到了家，她生命的居所。

思嫻是文字的魔法師，讀她的詩作，你會驚豔於她組構文辭字句的超能力，意象層層疊疊無一隙縫，文字浪漫輕柔如風、如雨、如雪、如童時嬉戲的笑聲、如夜空星子的眨眼，但卻承載著難以言說的喜悲及哀樂，我總覺得，她的詩，有藝術家似的美感、工匠一般的精準以及我們少有的「無可奈何的天真」。也正是這種落差，讓她的詩充滿畫面、想像力與故事性，如此的與眾不同。

她的詩只單純的字句，卻拼湊出這世界的殘酷，這種反差，強化了她詩的現實性，但也因為這樣的語言特質，因此，似乎也能感受到，絕望中仍呈現著一絲希望，一如孩子童稚的雙眼，在黑暗中搜尋著光點，這就是思嫻的詩，一如，我認識的她。

國家圖書館出版品預行編目(CIP)資料

星星的任期太長了 / 陳思嫻著. -- 初版. --
新北市：南十字星文化工作室, 2020.10
面； 公分
ISBN 978-986-91891-7-0(平裝)

863.51　　109011160

南十字星

書　　名	星星的任期太長了
發 行 人	楊傑銘
作　　者	陳思嫻
責任編輯	蘇明翊
校　　對	陳思嫻
封面設計	申惠豐
編輯設計	蘇明翊、朱潔怡、孫婕昀
出　　版	南十字星文化工作室有限公司 22060 新北市板橋區南雅南路 2 段 7 號 15 樓
印 刷 所	七宏印刷有限公司
經 銷 商	易可數位行銷股份有限公司 23145 新北市新店區寶橋路 235 巷 6 弄 3 號 5 樓 02-89110525
版(刷)次	初版 1 刷
出版日期	2020 年 10 月
定　　價	新臺幣 280 元

I S B N　978-986-91891-7-0

國藝會 NCAF

◎本書獲「財團法人國家文化藝術基金會」補助。